AF540649

भारतीय अंक-पद्धति की कहानी

भारतीय ज्ञान-विज्ञान पुस्तकमाला-3

भारतीय अंक-पद्धति की कहानी

गुणाकर मुळे

राजकमल प्रकाशन
नयी दिल्ली पटना इलाहाबाद कोलकाता

ISBN : 978-81-267-0422-4

मूल्य : ₹ 200

पहला संस्करण : 1975
दूसरा संशोधित एवं परिवर्धित संस्करण : 1989
पहली आवृत्ति : 2003
दूसरी आवृत्ति : 2008
तीसरी आवृत्ति : 2009
चौथी आवृत्ति : 2011
पाँचवीं आवृत्ति : 2013
छठी आवृत्ति : 2014

प्रकाशक : राजकमल प्रकाशन प्रा. लि.
1-बी, नेताजी सुभाष मार्ग, दरियागंज
नई दिल्ली-110 002

शाखाएँ : अशोक राजपथ, साइंस कॉलेज के सामने, पटना-800 006
पहली मंजिल, दरबारी बिल्डिंग, महात्मा गांधी मार्ग, इलाहाबाद-211 001
36 ए, शेक्सपियर सरणी, कोलकाता-700 017

वेबसाइट : www.rajkamalprakashan.com
ई-मेल : info@rajkamalprakashan.com

मुद्रक : बी.के. ऑफसेट
नवीन शाहदरा, दिल्ली-110 032

BHARTIYA ANK-PADDHATI KI KAHANI
by Gunakar Muley

प्रयाग विश्वविद्यालय के सुखद जीवन के अनन्य साथी
श्री चंद्रभक्त मानंधर (काठमांडौ) को
सादर-सस्नेह समर्पित

आमुख

अक्सर ऐसा होता है कि जिस चीज का हम बहुत अधिक इस्तेमाल करते हैं, जो चीज हमारे जीवन का एक अभिन्न अंग बन जाती है, उसके महत्त्व के बारे में हम ठीक से सोच ही नहीं पाते। ऐसी ही एक चीज है—हमारी अंक-पद्धति। शून्य सहित केवल दस अंक-संकेतों पर आधारित इस दाशमिक स्थानमान अंक-पद्धति का जन्म कहाँ और कैसे हुआ, और इसने मानव के बौद्धिक विकास में कितना बड़ा सहयोग दिया है, इसकी जानकारी बहुत कम लोगों को है।

यह अंक-पद्धति मानव-प्रतिभा की एक महान उपलब्धि है। शून्य स्पष्टतः भौतिक अभाव का द्योतक है। परंतु इस अंक-पद्धति में यही शून्य एक समर्थ शक्ति का रूप धारण कर लेता है। यही स्थिति शेष नौ अंक-संकेतों की है। इनमें से प्रत्येक अंक का एक निजी मान है। साथ ही, प्रत्येक अंक के अनगिनत स्थानमान हैं, यानी संख्या में स्थान के अनुसार इनके मान बदलते रहते हैं। यही कारण है कि इन संकेतों की सहायता से बड़ी-से-बड़ी संख्या को लिखा जा सकता है। दरअसल, 1, 2, 3,⋯ 11,⋯ 54⋯ के क्रम को हम 'अनंत' तक लिखते चले जा सकते हैं। और, मजेदार बात यह है कि शून्य की तरह इस 'अनंत' का भी कोई भौतिक अस्तित्व नहीं। ब्रह्मांड के अणु-परमाणुओं की संख्या भी 'अनंत' नहीं है। परंतु ब्रह्मांड के परिमाणों को व्यक्त करनेवाली इस अंक-पद्धति की यही दो—शून्य और अनंत—बुनियादी धारणाएँ हैं।

हम सोचते हैं कि आदिम काल से ही मनुष्य इस अंक-पद्धति का इस्तेमाल करता आ रहा होगा। परंतु बात ऐसी नहीं है। इस अंक-पद्धति की खोज करीब दो हजार वर्ष पहले हुई। वैदिक काल की अंक-पद्धति यह नहीं थी। अशोक के जमाने में भी लोगों को इस वैज्ञानिक अंक-पद्धति की जानकारी नहीं थी। प्राचीन मिस्र, सुमेर-बेबीलोन तथा यूनानी सभ्यता में भी दूसरी ही, अधिक दुरूह, अंक-पद्धतियों का इस्तेमाल होता था। लेकिन आज सारे संसार में हमारी दाशमिक स्थानमान अंक-पद्धति का ही उपयोग होता है।

इस दाशमिक स्थानमान अंक-पद्धति की खोज भारत में हुई। यह भारत की विश्व संस्कृति को सबसे बड़ी देन है। भारत की किसी भी अन्य देन का संसार में इतने अधिक व्यापक स्तर पर इस्तेमाल नहीं होता। और, भारत की किसी भी अन्य उपलब्धि ने जागतिक स्तर पर मानव की बुद्धि को इतना अधिक प्रभावित नहीं किया है। विज्ञान के, विशेषतः गणित के, विकास में तो इसने बहुत ही बड़ा योग दिया है।

यह अद्वितीय अंक-पद्धति तो भारत की खोज है ही, 1, 2, 3,⋯ 8, 9 अंक-संकेत भी भारतीय मूल के हैं। संसार की अनेक भाषाओं के साथ आज इन अंक-संकेतों का इस्तेमाल

होता है । कुछ लोग इन्हें 'अंग्रेजी अंक' कहते हैं, परंतु 'अंग्रेजी अंक'-जैसी कोई चीज है ही नहीं । कुछ लोग इन्हें अरबी अंक कहते हैं, क्योंकि यूरोपवालों ने इन्हें अरबों से प्राप्त किया था । दरअसल, ये भारतीय उत्पत्ति के अंक हैं । इन अंकों का भी विकास उन्हीं प्राचीन ब्राह्मी अंकों से हुआ है, जिनसे हमारे देवनागरी के और अन्य भारतीय भाषाओं के अंकों का हुआ है । ये अंक पहले अरब देशों में पहुँचे और वहाँ से यूरोप के देशों में । विदेशों का चक्कर लगाकर अंग्रेजी के साथ पुनः ये अंक भारत में पहुँचे हैं। अतः इन्होंने अब अंतर्राष्ट्रीय अंकों का रूप धारण कर लिया है । इसीलिए अब हम इन्हें 'भारतीय अंतर्राष्ट्रीय अंक' कहते हैं ।

इस पुस्तक में भारतीय अंक-पद्धति और भारतीय अंकों के उद्‌गम तथा विकास का विवरण दिया गया है । वर्तमान अंक-पद्धति के महत्त्व को समझने के लिए प्राचीन काल की लुप्त अंक-पद्धतियों को समझना भी जरूरी है । इसलिए एक प्रकरण में मैंने प्राचीन सभ्यताओं की विभिन्न अंक-पद्धतियों की जानकारी दी है । हमारे देश में भी ईसा की पाँचवीं सदी तक पुरानी अंक-पद्धतियों का ही प्रचलन रहा है । गणित व ज्योतिष के पद्यबद्ध ग्रंथों में कई प्रकार की **अक्षरांक** तथा **शब्दांक** पद्धतियों का उपयोग हुआ है । इन सबकी संक्षिप्त जानकारी भी इस पुस्तक में मिलेगी ।

इस नई दाशमिक स्थानमान अंक-पद्धति के आविष्कारक का नाम हमें मालूम नहीं । यह भी पता नहीं चलता कि ठीक किस समय और किस स्थान पर इस अंक-पद्धति की खोज हुई है । पहली बार 595 ई. के एक अभिलेख में हमें इस नई अंक-पद्धति के दर्शन होते हैं । इसके करीब सौ साल के बाद ही इसकी ख्याति दक्षिण-पूर्व एशिया और पश्चिमी एशिया के देशों में फैल गई थी । पहले अरब देशों में और बाद में अरबों के माध्यम से यूरोप में भारतीय अंक-पद्धति तथा अंक-संकेतों का कैसे प्रचार-प्रसार हुआ है, इसका विस्तृत परिचय इस पुस्तक में आ गया है। इस विवरण के साथ-साथ पाठकों को भारतीय गणित-शास्त्र के विकास का भी कुछ परिचय मिल जाता है ।

अंत में मैंने आधुनिक इलेक्ट्रानिक गणक-यंत्रों में प्रयुक्त होनेवाली **द्वि-आधारी**—1 और 0 पर आधारित—अंक-पद्धति का भी परिचय दिया है । भविष्य में यह द्वि-आधारी अंक-पद्धति जब काफी हद तक हमारी वर्तमान दशाधारी अंक-पद्धति का स्थान ले लेगी, तो भी उसमें भारतीय शून्य रहेगा ही ।

× × ×

इस **भारतीय अंक-पद्धति की कहानी** की भी एक कहानी है। तब मैं प्रयाग विश्वविद्यालय में गणित का विद्यार्थी था । एक दिन अपने एक अभिन्न मित्र श्री चंद्रभक्त मानंधर के साथ मैं एक किताब की दुकान में कुछ पुस्तकें देख रहा था । डी. ई. स्मिथ के प्रख्यात ग्रंथ 'हिस्ट्री ऑफ मैथेमैटिक्स' (दो खंड) खरीदने की बड़ी इच्छा हुई, परंतु पास पर्याप्त पैसा नहीं था । निराश होकर होस्टल लौटा । दूसरे दिन उस ग्रंथ के दोनों खंडों को मैंने अपनी मेज पर देखा । श्री मानंधर उन्हें खरीद लाए थे और भेंटस्वरूप चुपके से छोड़ गए थे । इस ग्रंथ से मुझे पहली बार भारतीय अंक-पद्धति और अंक-संकेतों के महत्त्व की

जानकारी मिली। इसलिए इस विषय की अपनी इस कृति को मैं भाई मानंधर को ही समर्पित कर रहा हूँ।

यदि सबकुछ ठीक-ठाक रहता तो मेरी पहली पुस्तक इसी विषय पर प्रकाशित होती। परंतु अंक-संकेतों से आगे बढ़कर मैं पुरालिपियों के अध्ययन में अधिक गहरा उतर गया। बड़े आकार का 'अक्षर-कथा' ग्रंथ भी छप गया है। उतनी ही बड़ी 'अंक-कथा', जिसमें मैंने संसार की सभी अंक-पद्धतियों का विशद विवेचन किया है, पिछले करीब दस वर्षों से पांडुलिपि के रूप में तैयार है। अब उसे संशोधित करके ही छपवाना चाहूँगा। इस बीच छोटी-बड़ी करीब 25 पुस्तकें छप गई हैं, जिनमें से एक है—**भारतीय लिपियों की कहानी। भारतीय अंक-पद्धति की कहानी** उसके तुरंत बाद, यानी एक साल पहले ही, तैयार हो गई थी। ये दोनों कृतियाँ एक प्रकार से एक-दूसरे की परिपूरक हैं।

× × ×

हमारे शासन ने 'भारतीय अंतर्राष्ट्रीय अंकों' को 'राष्ट्रीय अंकों' के रूप में स्वीकार किया है। फिर भी, जैसा कि हम जानते हैं, इन अंकों के बारे में हिंदी-जगत में काफी भ्रम फैला हुआ है। केंद्रीय हिंदी निदेशालय का भी यही कहना है कि हिंदी प्रकाशनों में इन्हीं 'भारतीय अंतर्राष्ट्रीय अंकों' का इस्तेमाल होना चाहिए। परंतु हिंदी निदेशालय या शासन की किसी अन्य संस्था की ओर से अब तक ऐसी कोई पुस्तक प्रकाशित नहीं हुई है जिसमें इन 'भारतीय अंतर्राष्ट्रीय अंकों' की उत्पत्ति एवं विकास का समुचित विवेचन हो, जिससे बहुतों का भ्रम दूर हो जाए। यह पुस्तक उस दिशा में काफी सहयोग दे सकती है।

मैं चाहता था कि इस पुस्तक में 'भारतीय अंतर्राष्ट्रीय अंकों' का ही इस्तेमाल हो। तदनुसार ही चित्र तैयार किए गए थे। परंतु पुस्तक का काफी अंश जब देवनागरी अंकों में कंपोज हो गया, तो फिर प्रेस की असुविधा को देखते हुए इन्हीं अंकों को रहने दिया गया। चित्रों में अंतर्राष्ट्रीय अंक और अन्यत्र देवनागरी अंक—इस 'मिश्र व्यवहार' से, आशा है, पाठकों को विशेष असुविधा नहीं होगी।

पुस्तक केवल दस दिन की अवधि में छपी है। इसके लिए राजकमल प्रकाशन की मैनेजिंग डायरेक्टर श्रीमती शीला संधू और प्रकाशन अधिकारी भाई मोहन गुप्त को अभी आंशिक धन्यवाद देकर मैं मुक्त नहीं होना चाहता। अभी मुझे उनके लिए कई पुस्तकें लिखनी हैं, और उन्हें छापनी हैं। हाँ, इतनी जल्दी और काफी साफ-सुथरी पुस्तक छाप देने के लिए गजेंद्र प्रिंटिंग प्रेस के व्यवस्थापक एवं कर्मचारियों के प्रति अपनी कृतज्ञता व्यक्त करना मेरा कर्त्तव्य हो जाता है।

आशा है, मेरी पहली कृतियों की तरह इस कृति का भी हिंदी-जगत में स्वागत होगा। जहाँ तक मेरी जानकारी है, न केवल हिंदी में, बल्कि भारतीय भाषाओं में इस विषय की यह

पहली पुस्तक है । त्रुटियाँ हो सकती हैं; सुविज्ञ पाठक सूचित करेंगे तो आगामी संस्करण में सुधार कर सकूँगा ।

—गुणाकर मुले

सी-210 पांडव नगर,
पटपड़गंज रोड, दिल्ली-110051
15 नवंबर, 1975

दूसरी बार

मुझे प्रसन्नता है कि मेरी इस पुस्तक का स्वागत हुआ । उत्तर प्रदेश हिंदी संस्थान ने इस कृति को पुरस्कृत भी किया ।

इस दूसरे संस्करण में जहाँ-तहाँ थोड़े संशोधन के अलावा कोई परिवर्तन नहीं किया है । इस बार पूरी पुस्तक में अंतर्राष्ट्रीय अंकों का ही इस्तेमाल हुआ है ।

आज भी इस विषय की हिंदी में यही एक पुस्तक है ।

अमरावती'
सी-210, पांडव नगर
दिल्ली-110 092
23 जनवरी, 1989

गुणाकर मुले

अनुक्रम

संसार को भारत की सबसे बड़ी देन

भारतीय विद्या के प्रख्यात चेक-जर्मन पंडित **मॉरिट्ज विंटरनिट्ज़** (1863-1937 ई.) ने तीन खंडों में 'भारतीय साहित्य का इतिहास' नामक ग्रंथ लिखा है। भारत के प्राचीन साहित्य के इतिहास के बारे में अनेक ग्रंथ लिखे गए हैं, परंतु डा. विंटरनिट्ज़ के इस ग्रंथ को अधिक प्रामाणिक माना जाता है।

एक समय की बात है। एक भारतीय पंडित ने डा. विंटरनिट्ज़ से पूछा—"वह कौन-सी चीज है, जो आपकी दृष्टि में भारत की संसार को सबसे बड़ी देन है ?" डॉ. विंटरनिट्ज़ ने बेखटके तुरंत उत्तर दिया—"पशु-पक्षियों को आधार बनाकर लिखा गया भारतीय कथा-साहित्य ही संसार को भारत की सबसे बड़ी देन है।"

पशु-पक्षियों की ऐसी कथाएँ हमें बौद्धों के जातक ग्रंथों में देखने को मिलती हैं। फिर, ईसा की पाँचवीं सदी में विष्णु शर्मा नामक एक पंडित ने इन पुरानी कहानियों को नए ढंग से लिखकर **पंचतंत्र** की रचना की। प्राचीन काल में ही विदेशों की अनेक भाषाओं में पंचतंत्र का अनुवाद हो चुका था। सबसे पहले ईसा की छठी सदी में पंचतंत्र का पहलवी तथा सीरियाई भाषाओं में अनुवाद हुआ। आठवीं सदी में इस ग्रंथ का अरबी भाषा में अनुवाद हुआ। ईसा की ग्यारहवीं सदी से इस ग्रंथ के यूरोप की भाषाओं में अनुवाद होने लगे। 1600 ई. के पहले ही यूनानी, लैटिन, इतालवी, स्पेनिश, जर्मन, अंग्रेजी आदि अनेक भाषाओं में पंचतंत्र का अनुवाद हो चुका था।

सचमुच ही, भारत में अंग्रेज़ी सत्ता स्थापित होने के पहले भारत के जिस एक ग्रंथ का पश्चिमी एशिया तथा यूरोप के देशों में सर्वाधिक पठन-पाठन हुआ है, वह है पंचतंत्र। उपनिषद्, भगवद्गीता या शाकुंतल नाटक का नाम सुनने के सदियों पहले यूरोप के लोग पंचतंत्र की कहानियों पर फिदा हो चुके थे। डा. विंटरनिट्ज़ ने ठीक ही कहा है कि भारतीय कथा-साहित्य संसार को भारत की सबसे बड़ी देन है।

लेकिन डा. विंटरनिट्ज़ के इस कथन में मैं थोड़ा सुधार करना चाहता हूँ। उनकी बात को मैं यूँ कहना चाहूँगा—साहित्य के क्षेत्र में संसार को भारत की सबसे बड़ी देन है—उसका **कथा-साहित्य**। और विज्ञान के क्षेत्र में भारत की संसार को सबसे बड़ी देन है—**भारतीय अंक-पद्धति** और **भारतीय अंक-संकेत**।

आज हम अपनी सभी गणनाओं में केवल दस अंक-संकेतों का इस्तेमाल करते हैं। ये दस अंक-संकेत हैं : 1, 2, 3, 4, 5, 6, 7, 8, 9, 0। सिर्फ दस चिह्न। इन दस अंक-संकेतों से हम किसी भी संख्या को व्यक्त कर सकते हैं। इन दस अंक-संकेतों से हम बड़ी से बड़ी संख्या लिख सकते हैं। चिह्न। अंक-संकेतों से हम बड़ी से बड़ी संख्या लिख सकते हैं।

हम इन दस अंक-संकेतों के इतने अधिक अभ्यस्त हो चुके हैं कि इनके असली महत्त्व को समझ नहीं पाते। इन अंक-संकेतों में अद्‌भुत शक्ति है। इन अंक-संकेतों के दोहरे मान हैं। एक, प्रत्येक अंक-संकेत का अपना एक स्वतंत्र मूल्य है। दो, संख्या में स्थान-स्थान के अनुसार प्रत्येक अंक-संकेत का मूल्य बदल जाता है। जैसे, संख्या 12341 पर विचार कीजिए। यहाँ अंतिम 1 का मूल्य सिर्फ 'एक' है; परंतु प्रथम 1 का मूल्य 'दस हजार' है। इन दस अंक-संकेतों का स्थान-स्थान के अनुसार मूल्य या मान बदलता रहता है, इसलिए दस अंक-संकेतों पर आधारित इस अंक-पद्धति को हम **दाशमिक स्थानमान अंक-पद्धति** कहते हैं।

इन दस अंक-संकेतों में सबसे अद्‌भुत संकेत है **शून्य** (0)। शून्य का अर्थ है 'कुछ नहीं'। दूकान में जाकर आप कोई 'शून्य वस्तु' नहीं खरीद सकते। इस भौतिक-जगत में 'शून्य'-जैसी कोई चीज नहीं है। परंतु इसी शून्य का जब संख्याओं में इस्तेमाल होता है तो यह 'करिश्मे' दिखाता है। किसी संख्या के अंत में एक शून्य रख दीजिए, वह संख्या दस गुना हो जाएगी। दो शून्य रख दीजिए, वह संख्या सौ गुना हो जाएगी। है न चमत्कार! संसार के किसी भी योगी, महात्मा, या पैगंबर ने ऐसा चमत्कार करके नहीं दिखाया होगा।

ऐसी है दस संकेतों पर आधारित हमारी यह अंक-पद्धति। आज सारे संसार में इसी दाशमिक स्थानमान अंक-पद्धति का इस्तेमाल होता है। लेकिन हम जानते हैं कि इस अंक-पद्धति की खोज भारत में हुई। यह अंक-पद्धति भारत का मौलिक आविष्कार है।

बचपन में ही बाराखड़ी के साथ ये दस अंक-संकेत हमें पढ़ाए जाते हैं और इनसे गणनाएँ करने के तरीके सिखाए जाते हैं। इन दस संकेतों पर आधारित अंक-पद्धति हमारे रोजमर्रा के जीवन का अंग बन गई है।

इसलिए इस अंक-पद्धति की विशेषताओं पर हम विचार ही नहीं करते। हम नहीं जानते कि इस भारतीय अंक-पद्धति ने आधुनिक विज्ञान को, विशेषतः गणितशास्त्र को, कितनी तेजी से आगे बढ़ाया है। लेकिन गणितज्ञ इस अंक-पद्धति का महत्त्व समझते हैं। इसीलिए संसार के अनेक महान वैज्ञानिकों ने इस भारतीय अंक-पद्धति की भूरि-भूरि स्तुति की है।

अंकगणित की आधारशिला का विवेचन करते हुए **प्रोफेसर जी. बी. हॉलस्टीड** लिखते हैं :

> **शून्य के आविष्कार तथा इसके महत्त्व की जितनी भी स्तुति की जाए, कम है। 'कुछ नहीं' वाले इस शून्य को, न केवल एक स्थान, नाम, चिह्न या संकेत प्रदान करना, बल्कि इसमें उपयोगी शक्ति भरना, उस भारतीय मस्तिष्क की एक विशेषता है जिसने इसे जन्म दिया है। यह 'निर्वाण' को विद्युत-शक्ति में बदलने-जैसा है। गणित के किसी भी अन्य आविष्कार ने मानव की बुद्धि एवं शक्ति को इतना अधिक बलशाली नहीं बनाया है।**

संसार के बीस महान गणितज्ञों की यदि एक सूची बनानी पड़े तो उसमें फ्रांस के प्रख्यात गणितज्ञ **लापलास** (1749-1827 ई.) के नाम का समावेश अवश्य करना होगा। न्यूटन के गुरुत्वाकर्षण संबंधी सिद्धांत एवं गणित का परिष्कार करके उन्होंने विश्व-यांत्रिकी के बारे में एक ग्रंथ की रचना की थी। लापलास ने अपना यह ग्रंथ नेपोलियन को भेंट किया। ग्रंथ को थोड़ा उलट-पुलटकर देखने के बाद नेपोलियन ने लापलास से कहा—''विश्व के पिंडों की गतिविधि के बारे में आपने इतना बड़ा ग्रंथ लिखा, किंतु इसमें उस 'विश्वकर्त्ता' का एक बार भी जिक्र नहीं आया है!'' लापलास ने उत्तर दिया—''इस ग्रंथ के विषय के विवेचन के लिए उस 'परिकल्पना' की जरूरत नहीं थी!''

ऐसे थे लापलास। भारतीय अंक-पद्धति के बारे में उन्होंने लिखा है :

> **केवल दस संकेतों से सभी संख्याओं को व्यक्त करने की यह अद्‌भुत विधि हमें भारत से प्राप्त हुई है। इसमें प्रत्येक संकेत का परम-मान के अलावा स्थानमान भी होता है। यह गहन धारणा आज हमें इतनी सरल प्रतीत होती है कि हम इसके महत्त्व पर विचार ही नहीं करते। परंतु इसकी सरलता, सभी प्रकार की गणनाओं को सुगम बनाने की इसकी क्षमता, हमारे अंकगणित को प्रथम श्रेणी का उपयोगी आविष्कार बना देती है। जब हम स्मरण करते हैं कि प्राचीन जगत के दो महान गणितज्ञों—आर्किमिदीज व एपोलोनियस—की प्रतिभाएँ भी इस धारणा के**

बारे में सोच न पाईं, तब हमारी दृष्टि में इस आविष्कार का महत्त्व और भी अधिक बढ़ जाता है।

ईसा की नौवीं-दसवीं सदी में सबसे पहले स्पेन के अरबों (मूरों) ने भारतीय अंक-पद्धति का यूरोप में प्रचार-प्रसार किया था। उस समय तक अनेक भारतीय एवं यूनानी ग्रंथों के अरबी भाषा में अनुवाद हो चुके थे। इन्हीं अरबी ग्रंथों से यूरोप के विद्वानों को पहली बार भारतीय अंक-पद्धति एवं गणित की अनेक विधियों के बारे में जानकारी मिली थी।

यूरोप के बौद्धिक जागरण में अरबों के योगदान की चर्चा करने के बाद गणित के इतिहासकार **अल्फ्रेड हूपर** आगे लिखते हैं :

अरबों ने ही सबसे पहले स्पेन में भारतीय अंक-पद्धति का प्रचार किया। यह एक नई और क्रांतिकारी अंक-पद्धति थी। इसी अंक-पद्धति ने आधुनिक विज्ञान एवं इंजीनियरी का पथ प्रशस्त किया है।

भारत ने यूरोप को, न केवल एक वैज्ञानिक अंक-पद्धति दी, बल्कि गणित की कई विधियाँ भी दी हैं। आधुनिक त्रिकोणमिति **आर्यभट** (499 ई.) की विधियों पर आधारित है , न कि यूनानी गणितज्ञों की विधियों पर। आधुनिक गणित की आधारशिला का,यदि हम विश्लेषण करें तो स्पष्ट होता है कि इसमें भारतीय विधियों का योगदान बहुत बड़ा है। इसीलिए **फ्लोरियन काजोरी** ने अपने 'गणित का इतिहास' में लिखा है :

भारतीय गणित ने आधुनिक विज्ञान में किस हद तक प्रवेश किया है, यह जानना अत्यंत जरूरी है। आधुनिक अंकगणित तथा बीजगणित के भाव एवं तरीके भारतीय हैं, यूनानी नहीं। भारतीय अंक-पद्धति के उन परिपूर्ण एवं शुद्ध चिह्नों पर विचार करो, बीजगणित की उनकी विधियों पर विचार करो और उनके गणित की उन क्रियाओं पर भी विचार करो जो वर्तमान क्रियाओं की तरह परिपूर्ण हैं, और फिर सोचो कि गंगा के तट पर रहनेवाले भारतीय पंडित किस श्रेय के भागी हैं ! दुर्भाग्य से भारत के कई अमूल्य आविष्कार यूरोप में काफी बाद में पहुँचे। यदि वे दो-तीन सदियों पहले पहुँचते तो उनका प्रभाव निश्चय ही अधिक पड़ता।

इस प्रकार, यूरोप के अनेक वैज्ञानिकों ने भारतीय गणित तथा अंक-पद्धति का यथोचित मूल्यांकन किया है। आठवीं से ग्यारहवीं सदी तक के अनेक अरबी गणितज्ञों ने भी भारतीय अंक-पद्धति की मुक्त कंठ से स्तुति की है।

दरअसल, गणित के अध्येता ही भारतीय अंक-पद्धति का सही मूल्यांकन कर सकते हैं। जिन्हें इस बात की जानकारी है कि पुरानी अंक-पद्धतियों में कितनी दिक्कतें थीं, वे ही भारतीय अंक-पद्धति के सही महत्त्व को समझ सकते हैं।

पश्चिमी एशिया के पंडितों को जब पहली बार इस भारतीय अंक-पद्धति की जानकारी मिली, तो वे खुशी से नाच उठे होंगे। इस बात के सबूत मिलते हैं कि व्यापारियों के माध्यम से ईसा की आरंभिक सदियों में भारतीय अंक-पद्धति का ज्ञान सिकंदरिया (मिस्र)के बंदरगाह तक पहुँच चुका था। फिर पश्चिमी एशिया के देशों को भी भारतीय अंक-पद्धति की जानकारी मिली। यह इस्लाम के उदय (622 ई.) के पहले की बातें हैं।

उस समय पश्चिमी एशिया की सीरियाई भाषा का साहित्य काफ़ी उन्नत था। अनेक यूनानी ग्रंथों के अरबी के भी पहले सीरियाई भाषा में अनुवाद हो चुके थे। हमने देखा है कि अरबी के भी पहले सीरियाई भाषा में **पंचतंत्र** का अनुवाद हो चुका था। उसी समय सीरियाई पंडितों को भारतीय अंक-पद्धति की जानकारी मिल गई हो, तो आश्चर्य की बात नहीं है। और, इसके कुछ सबूत भी मिलते हैं।

ईसा की सातवीं सदी में फरात नदी के तट पर स्थित एक ईसाई मठ में **सेवेरस सेबोख्त** नामक एक सीरियाई पंडित रहते थे। कुछ अन्य पंडित यूनानी ज्ञान का अधिक बखान करते होंगे और सीरियाई पांडित्य को कम आँकते होंगे, इसलिए सेबोख्त बड़े नाराज थे। झुंझलाकर वह लिखते हैं कि किसी समय खल्दिया वालों से ही यूनानियों ने ज्ञान-विज्ञान की बातें सीखी थीं और सीरियाई लोग उन्हीं खल्दियों के वंशज हैं।

सेबोख्त आगे कहते हैं कि दुनिया में और भी लोग हैं, जो यूनानियों से बढ़े-चढ़े हैं। इसी संदर्भ में **सेबोख्त** भारतीयों के ज्ञान के बारे में लिखते हैं :

> **हिंद के निवासी सीरियाई लोगों से भिन्न हैं। मैं हिंद वालों की ज्योतिष के क्षेत्र की उन विलक्षण खोजों का जिक्र नहीं करूँगा जो यूनानियों तथा बेबीलोनियों से अधिक सूक्ष्म हैं। मैं उनकी वर्णनातीत गणना-पद्धतियों का भी जिक्र नहीं करूँगा। मैं सिर्फ इतना ही कहना चाहता हूँ कि ये गणनाएँ केवल नौ चिह्नों से की जाती हैं। जो लोग, यूनानी भाषा के जानकार होने के कारण, यह समझते हैं कि वे विज्ञान के शिखर पर पहुँच चुके हैं, वे यदि हिंद वालों की इस अंक-पद्धति को जानें, तो उन्हें यकीन हो जाएगा कि उन लोगों के अलावा दुनिया में और भी लोग हैं जो कुछ जानते हैं।**

सेबोख्त का यह कथन 662 ई. का है। सेबोख्त ने यहाँ भारतीय अंक-पद्धति

के नौ चिह्नों का उल्लेख किया है, दस का नहीं। दरअसल, शून्य को अंक-संकेत मानने की परंपरा हमारे यहाँ भी नहीं रही है। अनेक अरबी गणितज्ञ भी भारतीय अंक-पद्धति के केवल नौ चिह्नों का ही उल्लेख करते हैं। लेकिन नौ संकेतों का अर्थ ही होता है—शून्य सहित दस अंक-संकेतों पर आधारित नई भारतीय अंक-पद्धति। देश-विदेश की पुरानी अंक-पद्धतियों में ढेर-सारे चिह्न थे। आगे के प्रकरणों की विस्तृत जानकारी से यह बात स्पष्ट हो जाएगी।

संसार के अनेक देशों में आज जिन अंक-संकेतों का इस्तेमाल होता है, वे ये हैं : 1, 2, 3, 4, 5, 6, 7, 8, 9, 0। अंग्रेजी भाषा के साथ इन अंकों का भारत में प्रवेश एवं प्रचार-प्रसार हुआ, इसलिए कई लोग इन्हें भ्रमवश 'अंग्रेजी अंक' कहते हैं। दरअसल, 'अंग्रेजी अंक' या 'अंग्रेजी लिपि' नाम की कोई चीज नहीं है। जिस लिपि में अंग्रेजी भाषा लिखी जाती है, वह 'रोमन लिपि' है और **रोमन अंक-संकेत** ये हैं : I, II, III, IV, V,… X… इत्यादि।

यूरोप की भाषाओं के साथ 1, 2, 3, 4, 5, 6, … जैसे जिन अंक-संकेतों का इस्तेमाल होता है, उन्हें यूरोप के लोग अक्सर 'अरबी अंक' कहते हैं। अधिक उदारता का परिचय देना हो तो यूरोप के कुछ लोग इन्हें 'इंदो-अरबी अंक' कहते हैं। परंतु हम जानते हैं कि ये अरबी अंक-संकेत नहीं हैं, क्योंकि अरबी अंक-संकेत दूसरे हैं। प्राचीन अरबी गणितज्ञों ने इन अंक-संकेतों को **हिंदिसा, अल्-अरकम अल्-हिंद** (हिंद के अंक) या **गुबार-अंक** कहा है। अतः ये भारतीय अंक-संकेत हैं।

इस बात को और अधिक स्पष्ट करना जरूरी है। आज संसार के अनेक देशों में जिन अंक-संकेतों (1, 2, 3, 4, 5, 6, 7, 8, 9, 0) का इस्तेमाल होता है, वे भारतीय उत्पत्ति के अंक-संकेत हैं। ये अंक-चिह्न भारत के हैं। इन अंक-चिह्नों का मूल भारत के प्राचीन ब्राह्मी अंक-संकेतों में है। ब्राह्मी अंक-संकेतों से ही इन अंतर्राष्ट्रीय अंक-संकेतों का विकास हुआ है। जिस प्रकार हमारे आज के देवनागरी अंक-संकेतों का विकास पुराने ब्राह्मी अंक-संकेतों से हुआ है, उसी प्रकार 1, 2, 3, 4, आदि अंक-संकेतों का विकास भी पुराने ब्राह्मी अंक-संकेतों से ही हुआ है।

भारतीय अंक-पद्धति के साथ पहले ये अंक-संकेत पश्चिमी एशिया के देशों में पहुँचे। अरबों ने इन्हीं अंक-संकेतों को 'हिंदिसा' या 'गुबार-अंक' कहा है। फिर, ईसा की नौवीं-दसवीं सदी में ये अंक-संकेत स्पेन में पहुँचे। यूरोप के देशों ने जब भारतीय अंक-पद्धति को अपनाया, तो साथ में इन भारतीय अंक-चिह्नों को भी अपना लिया। ये अंक-संकेत उन्हें अरबों से मिले थे, इसलिए वे अब भी इन्हें 'अरबी अंक' कहते हैं। दरअसल, ये

भारतीय अंक-संकेत हैं ।

हमारे देश के शासन ने अंतर्राष्ट्रीय-स्वरूप प्राप्त इन अंक-संकेतों को सारे भारत के लिए पुनः अपना लिया है, इसीलिए अब हम इन्हें **भारतीय अंतर्राष्ट्रीय अंक** कहते हैं ।[1]

इस प्रकार, हम देखते हैं कि आज सारे संसार में जिस अंक-पद्धति का इस्तेमाल होता है, वह भारतीय अंक-पद्धति है । और, आज संसार के अनेक देशों में जिन अंक-संकेतों का इस्तेमाल होता है, वे भी भारतीय मूल के अंक-संकेत हैं । अंक-पद्धति भी भारतीय और अंक-संकेत भी भारतीय ! यही है विज्ञान के क्षेत्र में भारत की संसार को सबसे बड़ी देन ।

प्राचीन काल में हमारे देश में, और संसार के अन्य देशों में, किस प्रकार की अंक-पद्धतियों का प्रचलन था, यह जानकारी प्राप्त करने के बाद ही हम ठीक-ठीक समझ सकते हैं कि ज्ञान-विज्ञान के विकास में इस नई भारतीय अंक-पद्धति का कितना बड़ा योगदान रहा है ।

सबसे पहले हम देखेंगे कि गणना तथा अंक-संकेतों की शुरुआत कैसे हुई । फिर हम दूसरे देशों की उन पुरानी अंक-पद्धतियों की थोड़ी जानकारी प्राप्त करेंगे, जिनके स्थान पर नई भारतीय अंक-पद्धति को अपनाया गया ।

---

1. संघ की राजभाषा हिंदी और लिपि देवनागरी होगी ।
संघ के राजकीय प्रयोजनों के लिए प्रयोग होनेवाले अंकों का रूप भारतीय अंकों का अंतर्राष्ट्रीय रूप होगा ।
—भारत का संविधान, अनुच्छेद 343 (1)

प्राचीन सभ्यताओं की अंक-पद्धतियाँ

वैज्ञानिकों ने प्रयोग करके जाना है कि कुछ पशु और पक्षी एक से चार-पाँच तक की संख्याओं के अंतर को समझते हैं। इसलिए यह निश्चित है कि पाँच लाख साल पहले के आदिम मानव भी एक से पाँच या दस तक की संख्याओं के अंतर को अवश्य समझते होंगे।

पाँच लाख साल पहले के मानव पत्थरों के हथियार बनाते थे, पशुओं का शिकार करते थे, आग की खोज कर चुके थे और भाषा को भी जन्म दे चुके थे। उस जमाने के मानव इस बात का अवश्य ही 'हिसाब' रखते होंगे कि उनके पास पत्थर के कितने औजार हैं, एक दिन में उन्होंने कितने पशुओं का शिकार किया है या उनके गिरोह में कितने व्यक्ति हैं।

किसी वस्तु-समूह का हिसाब किसी अन्य वस्तु-समूह के साथ **एक-एक का संबंध** स्थापित करके ही रखा जा सकता है। जैसे, एक हाथ की पाँच उँगलियों के साथ पाँच पशुओं का संबंध स्थापित करके हिसाब रखा जा सकता है। पाँच रेखाएँ खींचकर भी यह हिसाब रखा जा सकता है। यदि किसी वस्तु-समूह में दस चीजें हों, तो दोनों हाथों की दस उँगलियों के साथ उनका संबंध स्थापित किया जा सकता है या उनके लिए दस रेखाएँ खींची जा सकती हैं।

इस बात के स्पष्ट प्रमाण मिलते हैं कि पुरातन मानव अपने शरीर के विभिन्न अवयवों के साथ वस्तुओं का 'एक-एक का संबंध' स्थापित करके उनका हिसाब रहता था या उनकी गिनती करता था। कुछ आदिवासियों की बोलियों में आज भी 'आँखें' शब्द 'दो' के अर्थ में इस्तेमाल होता है। यूनानी भाषा का 'पेंते' और जर्मन का 'फीम्फ़' शब्द, जो संख्या 5 के द्योतक हैं, मूलतः 'पंजे' से संबंधित हैं। पाँच (पंच) और पंजा का संबंध स्पष्ट ही है। संस्कृत के 'पंच' शब्द का मूल अर्थ है 'फैला हुआ हाथ'।

रूसी वैज्ञानिक मिकलुको-मकलाई (1846-88 ई.) ने 1871 ई. में न्यूगिनी की यात्रा की थी। उन्होंने वहाँ के पापुआ आदिवासियों की गणना-पद्धति के बारे में जानकारी दी है। पापुआ लोग एक के बाद एक

अपनी उँगलियों को मोड़ते जाते हैं और एक निश्चित ध्वनि, जैसे, 'बे-बे-बे...', निकालते जाते हैं। पाँच की गणना करते समय वे कहते हैं 'इबोन-बे' (पंजा)। फिर वे दूसरे हाथ की उँगलियों से गणना शुरू करते हैं; 'बे-बे...' से शुरू करके 'इबोन-आली' (दो पंजे) पर समाप्त करते हैं। तदनंतर, वे पुनः 'बे-बे...' से शुरू करते हैं और 'संबा-बे' तथा संबा-आली' (एक पैर, दो पैर) पर समाप्त करते हैं। यदि उन्हें इससे बड़ी गणनाएँ करनी हों तो वे दूसरे आदमी के हाथ तथा पैर की उँगलियों का इस्तेमाल करते हैं।

'एक-एक का संबंध

इस प्रकार, हम देखते हैं कि मुख्यतः हाथ-पैर की उँगलियों के साथ एक-एक का संबंध स्थापित करके ही पुरातन काल में गिनती की जाती थी। अंग्रेजी का 'डिजिट' शब्द लैटिन के 'डिजिटुस' शब्द से बना है और इसका मूल अर्थ है 'उँगली'। लेकिन अब 'डिजिट' शब्द का अर्थ 'अंक-संकेत' भी होता है। अतः हम कह सकते हैं कि हमारी उँगलियाँ सबसे पुराने अंक-संकेत हैं। बच्चे अब भी उँगलियों से गिनती करते हैं। बच्चे ही क्यों, पढ़े-लिखे लोग भी गिनती के लिए अक्सर उँगलियों की शरण में जाते हैं!

मानव-शरीर के अवयवों में गिनती के लिए सबसे सुविधाजनक अवयव हैं—दोनों हाथों की दस उँगलियाँ। पुरातन काल में इन्हीं दस उँगलियों की सहायता से गणना का आरंभ हुआ है, इसीलिए हमारी वर्तमान गणना-पद्धति का आधार दस है, अर्थात् हमारी गणना-पद्धति **दशगुणोत्तर** है। हमारे दोनों हाथों में 12 या 16 उँगलियाँ होतीं, तो हमारी गणनाएँ भी 12 या 16 पर आधारित होतीं।

अतः स्पष्ट हो जाता है कि हमारी दशगुणोत्तर गणना-पद्धति 'आसमान' से नहीं टपकी है, बल्कि इसे मानव ने जन्म दिया है। आदमी के दोनों हाथों में 12 या 16 उँगलियाँ होतीं तो और भी अधिक अच्छा होता। गणना के लिए दस का आधार सर्वोत्तम नहीं है। 10 को हम 3 या 4 से पूर्णांकों में भाग नहीं दे सकते। दूसरी ओर, 12 को 2, 3 व 6 से पूरा भाग दिया जा सकता है। 16 को 2, 4 व 8 से पूरा भाग दिया जा सकता है। अतः

स्पष्ट है कि गणना के लिए बारह या सोलह का आधार दस के आधार से बेहतर है।

प्राचीन काल के कुछ मानव-समूहों ने दो हाथों की उँगलियों के साथ-साथ दो पैरों की उँगलियों का भी इस्तेमाल किया है। एक आदिम समाज की बोली में 20 के लिए जिस शब्द का इस्तेमाल होता है, उसका अर्थ है 'आदमी खत्म' अर्थात् 'सब उँगलियाँ समाप्त'! मध्य अमरीका की पुरानी **मय सभ्यता** की अंक-पद्धति बीस पर आधारित थी। और, हमारे देश के बड़े-बूढ़े, जो लिखना-पढ़ना नहीं जानते लेकिन जिन्हें पैसों का हिसाब रखना होता है, **बीसा** या **कोड़ी** (20) की इकाई से गिनती करते हैं।

प्राचीन सुमेर-बेबीलोन की अंक-पद्धति 60 पर आधारित थी। उन्होंने वृत्त की परिधि को 360 हिस्सों में बाँटा था। यह उन्हीं की देन है कि हम आज भी वृत्त को 360 डिग्रियों में, एक डिग्री को 60 मिनटों में और एक मिनट को 60 सेकेंडों में बाँटते हैं।

तात्पर्य यह कि, हमारी वर्तमान गणना-पद्धति के दस के आधार में कोई खास बात नहीं है। हमारे दोनों हाथों की उँगलियाँ दस हैं, इसीलिए यह **दशगुणोत्तर अंक-पद्धति** अस्तित्व में आई है।

अंक-संकेतों का जन्म निश्चय ही लिपि-संकेतों के पहले हुआ है। आज से करीब दस हजार साल पहले, नवपाषाण-युग के आरंभ-काल में, चित्र-संकेत या कुछ भाव-संकेत अवश्य अस्तित्व में आ गए होंगे। परंतु खड़ी या आड़ी रेखाओं वाले सरल-से अंक-संकेत उनके भी हजारों साल पहले जन्म ले चुके होंगे। पाठशाला में बाराखड़ी के साथ अंक-संकेत सीखने के पहले ही बच्चे खड़ी रेखाओं वाले अंक-संकेत सीख लेते हैं और इनसे कुछ खेल भी खेलते हैं।

प्रायः सभी प्राचीन सभ्यताओं की अंक-पद्धतियों में 1, 2 व 3 के लिए इतनी ही खड़ी या आड़ी लकीरें देखने को मिलती हैं। प्राचीन ब्राह्मी लेखों में 1, 2, व 3 के लिए क्रमशः इतनी ही आड़ी लकीरें हैं। हमारे आज के 1, 2 व 3 के ये अंक-संकेत उन्हीं आड़ी लकीरों से बने हैं।

मानव की भौतिक अवस्था में जैसे-जैसे उन्नति होती गई, वैसे-वैसे उसकी गणना-पद्धतियाँ भी विकसित होती गईं। पाषाण युग के मानव को विकसित अंक-पद्धति की ज़रूरत नहीं थी। अभी वह संग्रह के लालच में नहीं पड़ा था। इसलिए उसे बड़े हिसाब रखने की ज़रूरत नहीं थी। लिपि की तो बिलकुल ही ज़रूरत नहीं थी। आज के आदिवासियो को या खानाबदोश लोगों को लिपि की ज़रूरत नहीं होती।

आज से करीब दस हजार साल पहले **नवपाषाण युग** की शुरुआत

हुई। आदमी ने पत्थर के अधिक सूक्ष्म और सुघड़ औजार बना लिए। कृषि-कर्म का आरंभ हुआ। आदमी गाँव बसाने लगा। उसने अनेक पशुओं को पालतू बनाया। तब से आदमी को अपने पशुधन तथा खेत की उपज का हिसाब रखने के लिए कुछ अधिक विकसित अंक-पद्धति की ज़रूरत पड़ने लगी।

आज से करीब छह हजार साल पहले **ताम्रयुग** की शुरुआत हुई। तब से आदमी ताँबे और काँसे के औजार बनाने लगा। धातुओं के इन औजारों से उत्पादन बढ़ा। कृषि-कर्म का विस्तार हुआ। अनेक लोग कृषि-कर्म की आवश्यकता से मुक्त हुए। उन्होंने नए धंधों की जन्म दिया। नदियों के किनारे नगरों की स्थापना होने लगी। पुरानी कबीलाई व्यवस्थाएँ टूटने लगीं और राज-व्यवस्था अस्तित्व में आई। इस राज-व्यवस्था के लिए अब लिपि की ज़रूरत थी। अब अधिक विकसित अंक-पद्धति की ज़रूरत थी। इसलिए हम देखते हैं कि आज से करीब छह हजार साल पहले मिस्र, सुमेर-बेबीलोन, भारत तथा चीन की प्राचीन सभ्यताओं में काफी विकसित अंक-पद्धतियाँ अस्तित्व में आ चुकी थीं। इन्हीं पुरानी अंक-पद्धतियों की हमें थोड़ी-बहुत जानकारी प्राप्त करनी है।

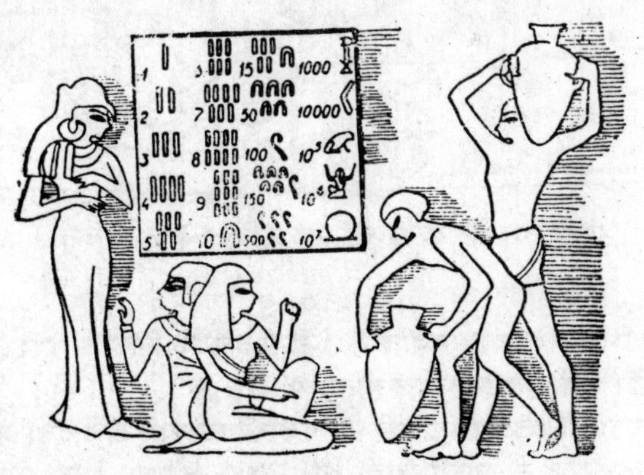

प्राचीन मिस्र के अंक-संकेत

प्राचीन मिस्र की अंक-पद्धति

आज से करीब पाँच हजार साल पहले प्राचीन मिस्र में बड़ी-बड़ी संख्याओं के अंक-संकेत अस्तित्व में आ चुके थे। हमारे देश के सबसे पुराने ग्रंथ **ऋग्वेद** में जिस सबसे बड़ी संख्या का उल्लेख मिलता है, वह है 60,099 (षष्टि सहस्रा नवतिं नव)। लेकिन ऋग्वेद की रचना (लगभग 1200 ई. पू.) के करीब दो हजार साल पहले प्राचीन मिस्र में लाखों की संख्याओं को व्यक्त करने के लिए अंक-संकेत जन्म ले चुके थे।

प्राचीन मिस्र के प्रथम राजवंश (लगभग 3000 ई. पू.) के राजा **नारमेर** के मुकुट पर युद्ध में पकड़े गए 4,00,000 बैलों, 14,22,000 बकरों और 1,20,000 पुरुषों को अंक-संकेतों से दर्शाया गया है। इन अंक-संकेतों में 10,00,000 के लिए एक स्वतंत्र संकेत है। स्पष्ट है कि अब आदमी की भौतिक दशा काफ़ी उन्नत थी, शासकों को अब लाखों का हिसाब रखने की ज़रूरत आ पड़ी थी और इसीलिए लाखों की संख्याओं को व्यक्त करने के लिए अंक-संकेतों को जन्म दिया गया।

राजा नारमेर के मुकुट पर अंकित अंक-संकेत

प्राचीन मिस्र की अंक-पद्धति में 1 से 9 तक के लिए क्रमशः इतनी ही खड़ी रेखाओं (दंडों) का इस्तेमाल होता था; जैसे, 9 = । । । । । । । । । 10 के लिए एक स्वतंत्र संकेत था। 11 से 99 तक की संख्याएँ खड़े दंडों और 10 के संकेत के मेल-जोल से लिखी जाती थीं। 100 के लिए फिर एक स्वतंत्र संकेत था। आगे 1,000 10,000, 1,00,000 और 10,00,000 के लिए भी स्वतंत्र संकेत हैं। 'हजार' के लिए कमल-दंड का चिह्न है, 'दस हजार' के लिए एक उँगली का चिहन है, 'एक लाख' के लिए अबाबील पक्षी का

चिह्न है और 'दस लाख' के लिए दोनों हाथ ऊपर उठाए एक बैठे हुए आदमी का चित्र है—मानो वह आश्चर्य से कह रहा हो कि, यही सबसे बड़ी संख्या है। परंतु 'एक करोड़' के लिए भी संकेत है।

इस प्रकार हम देखते हैं कि प्राचीन मिस्र की अंक-पद्धति में बुनियादी अंक-संकेत केवल 8 थे। इन्हीं आठ मूल संकेतों से वे लाखों-करोड़ों की संख्याओं को लिखने में समर्थ थे। स्पष्ट है कि प्राचीन मिस्र की अंक-पद्धति दशगुणोत्तर थी। परंतु यह स्थानमान अंक-पद्धति नहीं थी, इसलिए उन्हें एक ही संकेत को कई बार लिखना पड़ता था। जैसे, 70 के लिए उन्हें 10 के संकेत को 7 बार लिखना पड़ता था। एक उदाहरण लीजिए—

20000 + 7000 + 500 + 20 + 9 = 27,529

यहाँ हम देखते हैं कि 27,529 को लिखने के लिए जहाँ हम सिर्फ पाँच संकेतों का इस्तेमाल करते हैं, वहाँ प्राचीन मिस्र के गणितज्ञों को कुल 25 संकेतों का इस्तेमाल करना पड़ता था!

अंक-पद्धति की इस कठिनाई के बावजूद प्राचीन मिस्र में गणित का काफ़ी विकास हो चुका थी। ईसा से अठारह सदियों पहले प्राचीन मिस्र में पैपीरस कागज पर गणित की पुस्तकें लिखी जाती थीं। ऐसी पुस्तकों की कुछ हस्तलिपियाँ भी मिली हैं। इनमें दो पैपीरस-पुस्तकें विशेष रूप से प्रसिद्ध हैं। **रिहंड-पैपीरस** नामक पुस्तक **आह्-मोस** नामक एक लिपिक ने ईसा पूर्व 17वीं सदी में तैयार की थी। यह पैपीरस-पुस्तक अब ब्रिटिश संग्रहालय में सुरक्षित है। एक अन्य **गोलेनिशेव पैपीरस** अब मास्को-संग्रहालय में सुरक्षित है।

प्राचीन मिस्र के गणितज्ञ अंकगणित, बीजगणित तथा रेखागणित की अनेक विधियों की खोज कर चुके थे। वे सरल-से समीकरणों को हल करना भी जानते थे। क्षेत्रमिति में तो वे काफ़ी उन्नत थे। यूनानियों ने आरंभ में क्षेत्रमिति का ज्ञान मिस्र वालों से ही प्राप्त किया था। लेकिन यूनानियों ने मिस्र की अंक-पद्धति को नहीं अपनाया। ईसा की आरंभिक सदियों में प्राचीन मिस्र की लिपियों के साथ-साथ मिस्री अंक-संकेतों का ज्ञान भी लुप्त हो गया था।

सुमेर-बेबीलोन की अंक-पद्धति

मिस्र वालों से भी कुछ पहले फारस की खाड़ी के ऊपर दजला-फरात नदियों के मुहाने के प्रदेश में बसे हुए सुमेरी लोग लिपि व अंक-संकेतों को जन्म दे चुके थे। बाद में उनकी इस लिपि को उत्तर के अक्कदियों (बेबीलोनियों) ने अपनाया। इराक (प्राचीन मैसोपोटामिया) में पत्थरों का अभाव है, परंतु वहाँ चिकनी मिट्टी की प्रचुरता है। इसलिए सुमेर-बेबीलोन के लोग अधिकतर मिट्टी के फलकों पर नुकीली कलम (शलाका) से लिपि-संकेत उकेरते थे। फलतः उनकी लिपि के अक्षर कील के आकार के हैं और उनकी लिपि को **कीलाक्षर लिपि** का नाम दिया गया है।

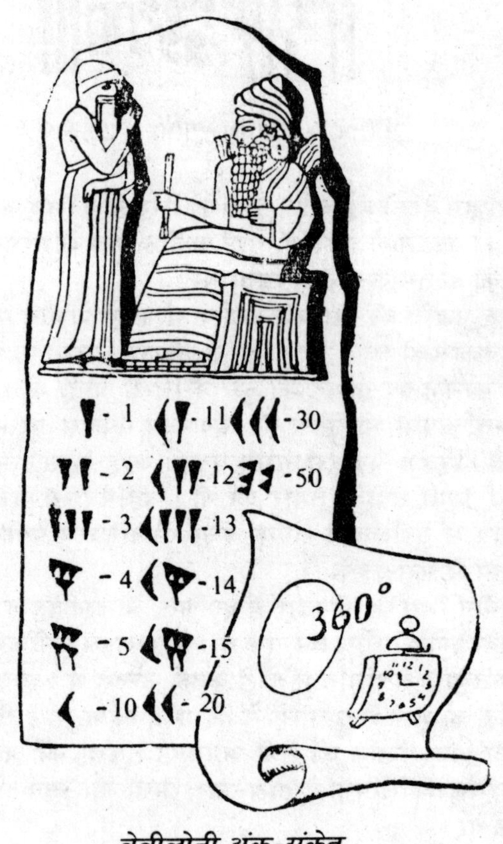

बेबीलोनी अंक-संकेत

पहले हम बता चुके हैं कि प्राचीन बेबीलोन में गणना का आधार 60 रहा है। परंतु वे दस के आधार का भी उपयोग करते थे। दरअसल, उनकी अंक-पद्धति दस (दाशमिक)व साठ (षाष्ठिक) के आधारों का एक मिश्रण थी।[1] एक से नौ तक की संख्याओं के लिए वे इतनी ही कील-नुमा खड़ी लकीरों का इस्तेमाल करते थे। 10 के लिए एक स्वतंत्र संकेत था। 20, 30, 40 व 50 की संख्याएँ इसी 10 संकेत को दोहराकर लिखी जाती थीं। लेकिन 60 के लिए पुनः 1 के संकेत का इस्तेमाल होता था। 60 के किसी भी घात के लिए यानी 60^2, 60^3 आदि के लिए भी इसी 60 के संकेत का इस्तेमाल होता था। कालांतर में 60 के इन घातों को स्पष्ट करने के लिए विशेष व्यवस्थाएँ अस्तित्व में आई थीं। इसी प्रकार, 10 के चिह्न का इस्तेमाल 10×60, 10×60^2, 10×60^3 आदि के लिए भी होता था। कुछ **भिन्नों** के लिए भी उन्होंने संकेतों को जन्म दिया था। बहुत बाद में रिक्त स्थान (शून्य) के लिए उन्होंने एक संकेत को जन्म दिया था, परंतु इसका वे कभी भी ठीक से इस्तेमाल नहीं कर पाए।[2]

बाद में कीलाक्षर लिपि के साथ बेबीलोनी अंक-पद्धति का ज्ञान भी लुप्त हो गया। परंतु उनकी **षाष्ठिक अंक-पद्धति** के अवशेष आज भी हमारे बीच जीवित हैं। हम आज भी वृत्त की परिधि को 60×6 अंशों में, एक अंश को 60 मिनटों में और एक मिनट को 60 सेकेंडों में बाँटते हैं। पर हम नहीं जानते कि किस कारण उन्होंने गणना में इस साठ के आधार को अपनाया था।

बेबीलोन वाले भी गणित में काफी उन्नति कर चुके थे। बेबीलोन के गणितज्ञ सरल-से वर्ग-समीकरणों को हल करने में समर्थ थे। और, भारत

= 32

= 92

= 3632

1. गणित एवं ज्योतिष से संबंधित सभी बेबीलोनी अभिलेखों में केवल षाष्ठिक पद्धति का ही इस्तेमाल हुआ है।
2. सिकंदर के बाद के सेल्यूकी काल में ही शून्य का संकेत अस्तित्व में आया था और उसका इस्तेमाल केवल ज्योतिष के अभिलेखों में ही हुआ है। उस समय भी इसका इस्तेमाल संख्या के अंत में कभी नहीं हुआ। अतः बेबीलोनी शून्य को भारतीय अंक-पद्धति के शून्य के तुल्य मानना गलत होगा।

तथा यूनान के भी सदियों पहले वे तथाकथित **पाइथेगोर के प्रमेय** की खोज कर चुके थे। मैसोपोटामिया के प्राचीन नगरों की खुदाई में कीलाक्षर लिपि के हजारों फलक मिले हैं। दरअसल, इन पुराने नगरों से पूरे ग्रंथालय ही मिले हैं। पहले हम बता चुके हैं कि बेबीलोन के लोग मिट्टी के फलकों पर लिखते थे।

चीनी अंक-पद्धति

चीनी लिपि भावचित्रात्मक है, अर्थात् इसमें पूरे शब्द के लिए चिह्न या संकेत हैं। इसलिए चीनी लिपि में हजारों चिह्न हैं। करीब पाँच हजार साल पहले यह लिपि अस्तित्व में आ चुकी थी। तब से आज तक इस लिपि का विकास नहीं हुआ है। चीनी अंक-संकेत वस्तुतः एक, दो, तीन ⋯ दस, सौ, हजार आदि शब्दों के संकेत हैं। पाँच-छह हजार साल पहले अस्तित्व में आए हुए इन चीनी अंक-संकेतों का आज भी इस्तेमाल होता है।

一	1	十一	11
二	2	十二	12
三	3	十三	13
四	4	二十	20
五	5	三十	30
六	6	八十	80
七	7	九十	90
八	8	一百	100
九	9	二百	200
十	10	六百	600
一百六十五	=	165	
一千九百七十一	=	1971	

चीनी अंक-संकेत

हम देखते हैं कि यहाँ शून्य के लिए कोई संकेत नहीं है। चीनी अंक-संकेतों में संख्या 1971 को इस प्रकार लिखा जाता है : 1 × 1000 + 9 × 100 + 7 × 10 + 1।

इस प्रकार, हम देखते हैं कि संख्या 1971 को लिखने के लिए जहाँ हम केवल चार संकेतों का इस्तेमाल करते हैं, वहाँ चीनी अंक-पद्धति में सात अंक-संकेतों का इस्तेमाल करना पड़ता है। यहाँ हम देखते हैं कि चीनी अंक-पद्धति को बड़ी आसानी से आधुनिक अंक-पद्धति में बदला जा सकता है। जरूरत है तो सिर्फ 1 से 9 तक के अंक-संकेतों को दोहरे मान प्रदान करने की और शून्य के लिए एक संकेत गढ़ने की। पर 1 से 9 तक के अंक-संकेतों को बदलते मान प्रदान करना यानी इन्हें स्थानमान-युक्त बनाना ही सबसे बड़ी बाधा है। भारतीय मस्तिष्क ने इसी बाधा पर विजय प्राप्त करके वर्तमान अंक-पद्धति को जन्म दिया था, आज से करीब दो हजार साल पहले !

प्राचीन काल में चीन में एक और अंक-पद्धति का प्रचलन रहा है, जिसे **दंड अंक-पद्धति** कहते हैं। इस दंड अंक-पद्धति में खड़े व आड़े दंडों का इस्तेमाल होता था और इसमें शून्य का संकेत भी था। तेरहवीं सदी की गणित की एक पुस्तक में दंड अंक-पद्धति में उदाहरण 14,70,000—64,464 = 14, 05,536 को इस प्रकार लिखा गया है—

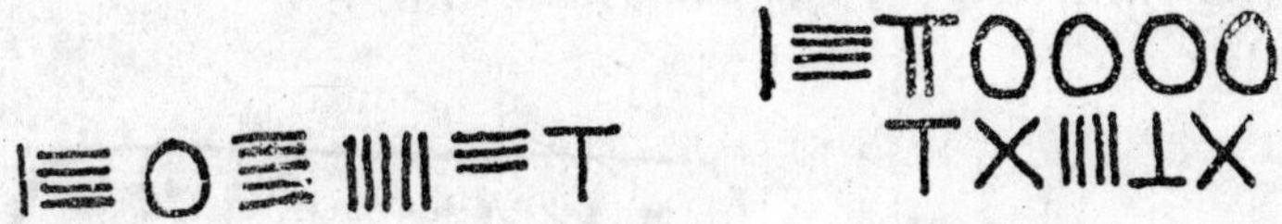

इस उदाहरण में घटाई जानेवाली संख्या (64,464) को दाईं ओर नीचे लिखा गया है और शेषफल को बाईं ओर लिखा गया है। यहाँ शून्य के लिए वृत्ताकार चिह्न है और 4 के लिए IIII के अलावा × चिह्न का भी इस्तेमाल हुआ है।

चीनी अंक-पद्धति सुविधाजनक न होने पर भी चीनी गणितज्ञ अन्य देशों से काफ़ी आगे थे। **एबैकस** से गणना करने में तो कोई भी उनकी बराबरी नहीं कर सकता था। आज भी चीनी और जापानी गणक-पटु एबैकस की गणना में गणक-यंत्रों के साथ होड़ लगा सकते हैं।

मय सभ्यता की अंक-पद्धति

आगे यूनानी और रोमन अंक-पद्धतियों की जानकारी प्राप्त करने के पहले मध्य अमरीका की प्राचीन मय सभ्यता की अंक-पद्धति की कुछ जानकारी प्राप्त करना उपयोगी होगा। स्पेन के साम्राज्यवादियों ने ईसा की सत्रहवीं

सदी में मय पुरावशेषों को निर्दयता से नष्ट किया, उनकी पुस्तकों को खोज-खोजकर जला दिया। केवल तीन मय पुस्तकें ही बच पाई हैं। अभी कुछ साल पहले सोवियत रूस के वैज्ञानिकों ने मय लिपि का पुनः उद्घाटन किया है। लेकिन मय अंक-पद्धति की जानकारी काफ़ी पहले मिल चुकी थी। मय अंक-पद्धति निश्चय ही रोमन या यूनानी अंक-पद्धतियों से बेहतर थी और उनका पंचांग तो ग्रेगोरी-पंचांग से सौ गुना बेहतर था। मय लोग गणना में बहुत आगे बढ़े हुए थे।

पहले हम बता चुके हैं कि मय अंक-पद्धति 20 पर आधारित थी। इसका स्पष्ट कारण यह है कि आरंभ में वे हाथों की दस उँगलियों के अलावा गणना में पैरों की दस उँगलियों का भी इस्तेमाल करते होंगे। मय गणितज्ञ **शून्य** के लिए एक संकेत को जन्म दे चुके थे और इसका वे इस्तेमाल भी करते थे। शून्य की धारणा तथा इसके संकेत को जन्म देने का श्रेय केवल भारत को ही नहीं है।

मय अंक-पद्धति में 1 से 19 तक की संख्याओं को लिखने के लिए सिर्फ दो मूल संकेतों की जरूरत पड़ती है—बिंदु और आड़ी लकीर। 1 से 4 तक की संख्याओं के लिए क्रमशः इतने ही बिंदुओं का इस्तेमाल होता था। 5 के लिए एक आड़ी लकीर थी। 9 को एक आड़ी लकीर के ऊपर चार बिंदु रखकर दर्शाया जाता था। 10 के लिए दो आड़ी लकीरें थीं। तीन आड़ी लकीरों के ऊपर चार बिंदु रखकर 19 को व्यक्त किया जाता था।

मय सभ्यता के अंक-संकेत

मय अंक-पद्धति में 'शून्य' का चिह्न कौड़ी-जैसा था। इस चिह्न के ऊपर एक बिंदु रख देने से यह 20 का संकेत बन जाता था। इसी चिह्न के ऊपर एक आड़ी लकीर (5) रख देने से यह 20 ×5 = 100 का संकेत बन जाता था। मय अंक-पद्धति में अंक-संकेत एक-दूसरे के ऊपर रखे जाते थे।

मय सभ्यता की अंक-पद्धति 20 पर आधारित थी और वे शून्य के संकेत को भी जन्म दे चुके थे। यहाँ तक तो ठीक है। लेकिन जिस प्रकार हमारी वर्तमान अंक-पद्धति पूर्णतः दश- गुणोत्तर है, उस तरह मय अंक-पद्धति पूर्णतः बीस-गुणोत्तर नहीं थी। और, यही इस अंक-पद्धति की सबसे बड़ी न्यूनता थी। फिर भी मय सभ्यता के लोग इन अंकों से बड़ी-बड़ी गणनाएँ करने में समर्थ थे। यह भी कहा जा सकता है कि समय की गणनाएँ करने का उन्हें बड़ा शौक था, क्योंकि उनकी काल-गणना (पंचांग) बहुत ही विकसित थी।

•	1	P◇	30
••	2	PP	40
⁖	3	PP◇	50
∷	4	PPP	60
⁝⁝	5	PPP◇	70
⁝⁝|•	6	PPPP	80
⁝⁝|••	7	PPPP◇	90
⁝⁝|⁖	8		100
⁝⁝|∷	9		200
◇	10		400
◇⁝⁝	15		500
P	20		1000
			8000

यूनानी अंक-पद्धति

प्राचीन यूनानी लोग भारतीय आर्यों के दूर के भाई-बंद थे। प्राचीन यूनानी भाषा और संस्कृत भाषा में बड़ा साम्य है। मूल आर्यभाषी लोग संभवतः पश्चिमी मध्य-एशिया के निवासी थे और आज से करीब चार हजार साल पहले घुमंतू जीवन बिताते थे। ऐसे लोगों को लिपि की जरूरत नहीं होती। इसलिए ये आर्यभाषी लोग जहाँ भी गए वहाँ इन्होंने अपनी भाषा के लिए स्थानीय लिपियों को अपनाया।

ईसा पूर्व करीब डेढ़ हजार साल पहले जब आर्यभाषी लोग भूमध्य-सागर के **क्रीट द्वीप** में और **यूनान** में पहुँचे, तो उन्होंने अपनी भाषा के लिए क्रीट द्वीप की एक लिपि (रैखिक-ब लिपि) को अपनाया। उन्होंने **क्रीट द्वीप की अंक-पद्धति** को भी अपनाया। इस अंक-पद्धति में 1 से 9 तक के लिए क्रमशः इतनी ही खड़ी रेखाओं का इस्तेमाल होता था। दहाइयों के लिए आड़ी लकीरों का इस्तेमाल होता था। सैकड़ों के लिए वृत्त जैसा संकेत

था। इस वृत्त के बाहर किरणों की चार रेखाएँ खींचने से यह हजार का चिह्न बन जाता था। और, इस हजार के चिह्न के भीतर एक आड़ी लकीर खींचने से यह दस हजार का चिह्न बन जाता था। एक उदाहरण :

=12345

बाद में यूनानियों ने इस अंक-पद्धति को छोड़ दिया। 1000 ई. पू. के आसपास उन्होंने पश्चिमी एशिया की **कनानी** या **फिनीशियन** लिपि के आधार पर अपनी भाषा के लिए एक वर्णमाला का निर्माण किया। फिनीशियन लिपि में स्वराक्षर नहीं थे। इसलिए यूनानियों ने स्वरों के लिए नए संकेत गढ़े। इस प्रकार यूनानी भाषा के लिए एक वैज्ञानिक लिपि (वर्णमाला) अस्तित्व में आई।

Γ (पेन्ते) = 5

Δ (डेका) = 10

H (हेकाटोन) = 100

X खिलिओन) = 1000

M (माइरिओइ) = 10000

या = 50

= 500

= 50000

XXHHHHΔΔII = 52472

5 2 4 7 2

यूनानी आद्याक्षरांक

आरंभ में यूनानियों ने अंक-संकेतों के लिए आद्याक्षरों का इस्तेमाल किया। जैसे, 'पाँच' के लिए यूनानी में 'पेंते' शब्द था, इसलिए वे 5 को यूनानी के 'प' (पाई) अक्षर से लिखते थे। इस तरह यूनानी अंक-पद्धति में **आद्याक्षरांक** अस्तित्व में आए। (देखिए, पिछला पृष्ठ)

इस अंक-पद्धति में अनेक कठिनाइयाँ थीं, इसलिए यूनानियों ने एक नई अंक-पद्धति को जन्म दिया। उन्होंने अपनी नई लिपि के अक्षर-संकेतों को ही संख्या-संकेतों के लिए अपनाया। यूनानी लिपि में 24 अक्षर-संकेत थे। उन्होंने इनमें तीन संकेत और जोड़े। इस प्रकार 27 संकेतों से 999 तक की संख्याओं को व्यक्त करने की व्यवस्था की गई। इन्हीं अक्षरांकों के बाईं ओर एक तिरछी लकीर खींचकर हजारों की संख्याओं को व्यक्त किया जाता था। 10,000 के ऊपर क्रमशः 2, 3, आदि के संकेत (अक्षरांक) रखकर 20,000, 30,000 आदि संख्याओं को व्यक्त किया जाता था।

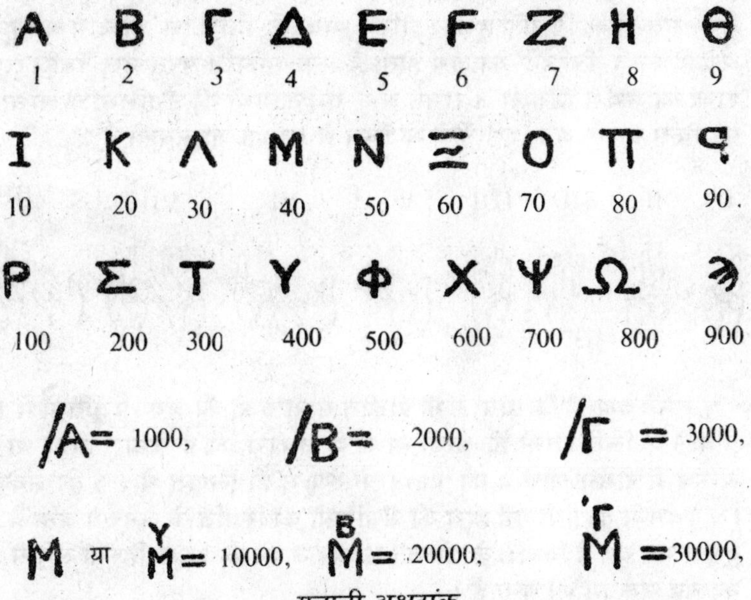

A	B	Γ	Δ	E	F	Z	H	Θ
1	2	3	4	5	6	7	8	9
I	K	Λ	M	N	Ξ	O	Π	Ϙ
10	20	30	40	50	60	70	80	90.
P	Σ	T	Y	Φ	X	Ψ	Ω	Ϡ
100	200	300	400	500	600	700	800	900

/A= 1000, /B= 2000, /Γ = 3000,

M या $\overset{Y}{M}$= 10000, $\overset{B}{M}$= 20000, $\overset{\Gamma}{M}$ =30000,

यूनानी अक्षरांक

यूरोप में मध्ययुग तक इन यूनानी अक्षरांकों का इस्तेमाल होता रहा। बाद में इनका स्थान भारतीय अंकों ने ले लिया। लेकिन थोड़ी-बहुत मात्रा में यूनानी अक्षरांकों का आज भी इस्तेमाल होता है। यूनानियों की तरह **हिब्रू अंक-पद्धति** भी अक्षरांक पद्धति थी, यानी वे लोग हिब्रू वर्णमाला का ही अंक-संकेतों के लिए इस्तेमाल करते थे।

रोमन अंक-पद्धति

रोमन अंक-संकेतों का आज भी इस्तेमाल होता है। रोमन अंक-पद्धति के सात मूल संकेत ये हैं :

I	V	X	L	C	D	M
1	5	10	50	100	500	1000

इनमें से आरंभ के तीन अंक-संकेतों से 1 से 10 तक की संख्याएँ लिखी जाती हैं। जैसे—

I	II	III	IV	V	VI	VII	VIII	IX	X
1	2	3	4	5	6	7	8	9	10

रोमन अंक-संकेतों की उत्पत्ति के बारे में अनेक मत व्यक्त किए गए हैं। पर अधिक मान्य मत यही है कि हाथों की उँगलियों के आधार पर रोमन अंक-संकेतों का निर्माण हुआ। लैटिन भाषा के 'डिजिटुस्' शब्द से बने हुए अंग्रेजी शब्द 'डिजिट' का अर्थ होता है अंक-संकेत। परंतु मूल 'डिजिटुस्' शब्द का अर्थ है 'उँगली'। रोमन अंक-संकेत हाथों की उँगलियों के आधार पर किस प्रकार बने, इसे नीचे के चित्र से समझा जा सकता है :

I II III IIII V VI VII VIII

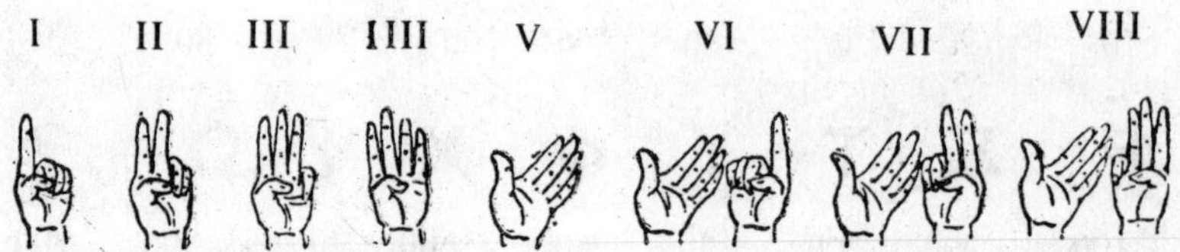

हमने देखा है कि प्राय: सभी प्राचीन सभ्यताओं की अंक-पद्धतियों में 1, 2 व 3 के लिए इतनी ही आड़ी या खड़ी लकीरों का इस्तेमाल होता था। आरंभ में रोमन लोग 4 को ।।।। के रूप में ही लिखते थे। 5 का संकेत (V)चित्र में दर्शायी गई हाथ की उँगलियों की स्थिति के अनुरूप बना है। दूसरा मत यह है कि 10 के संकेत (X) का ऊपर का आधा हिस्सा लेने से 5 का यह संकेत (V) बना है।

10 के संकेत X की उत्त्पति के बारे में यह कल्पना की जाती है कि आरंभ में दस लकीरों को X जैसी दो तिरछी लकीरों से काट दिया जाता था। बाद में दस खड़ी रेखाओं को लिखना छोड़ दिया गया और 10 के लिए X चिह्न बना।

= XIII

आरंभ में ९ को VIIII के रूप में लिखा जाता था । बाद में इसे X—I = IX बना दिया गया । घटाने का यह तरीका अन्य अंक-पद्धतियों में भी देखने को मिलता है ।

रोमन अंक-पद्धति में 100 के लिए जो C संकेत है, वह लैटिन भाषा के केंतुम् (Centum=शतम्) शब्द का आद्याक्षर है । आरंभ में यह संकेत [जैसा लिखा जाता था । इसी संकेत को आधा करने से 50 का संकेत बना है । 50 को XXXXX जैसा लिखने में झंझट थी, इसलिए [के नीचे के आधे अंश (L) को लेकर 50 का संकेत बनाया गया ।

आरंभ में यूनानी अक्षर Φ (फाई) का 1000 के लिए इस्तेमाल होता था । बाद में रोमन लोग इस अक्षरांक को (I) के रूप में लिखने लगे थे । रोमनों की लैटिन भाषा में हजार के लिए 'मिले' (Mille) शब्द था, इसलिए कालांतर में उन्होंने इस शब्द के आद्याक्षर M को 1000 के लिए अपना लिया । रोमन अंक-पद्धति में आज भी 1000 के लिए इसी M अक्षरांक का इस्तेमाल होता है ।

परंतु रोमन अंक-पद्धति का 500 का अंक-संकेत हजार के पुराने संकेत (I) से ही बना है । हजार के इस संकेत को आधा करके 500 को (I) संकेत से लिखा जाता था । इसी (I) संकेत से 500 के लिए आज प्रयुक्त D संकेत बना है ।

रोमन अंक-पद्धति में हजार से बड़ी इकाइयों को लिखने के लिए कोई सुस्थिर व्यवस्था नहीं थी । 10,000 को ((I)) से और 1,00,000 को प्रायः (((I))) से लिखा जाता था । ईसा पूर्व तीसरी सदी के एक रोमन स्मारक पर संख्या 23,00,000 को एक लाख के संकेत (((I))) को 23 बार दोहराकर लिखा गया है । यह दशा थी रोमन अंक-पद्धति की !

फिर भी यूरोप में लगभग 1700 ई. तक इसी रोमन अंक-पद्धति का प्रभुत्व रहा है । ईसा की ग्यारहवीं सदी में भारतीय अंक-पद्धति यूरोप के देशों में फैल चुकी थी । यूरोप के वैज्ञानिकों ने इस भारतीय अंक-पद्धति को बड़ा पसंद किया । किंतु पुरानपंथी लोग इसे अपनाने के लिए तैयार नहीं हुए । 1300 ई. में यूरोप के कुछ शहरों की बैंकों में भारतीय अंकों के इस्तेमाल पर कानूनी पाबंदी लगा दी गई थी । भारतीय अंकों के विरोध में तर्क पेश किया जाता था कि इन्हें आसानी से बदला जा सकता है । जैसे, 0 (शून्य) को 6 या 9 में आसानी से बदला जा सकता है । परंतु यूरोप के

वैज्ञानिक भारतीय अंक-पद्धति की श्रेष्ठता को समझते थे, इसलिए अठारहवीं सदी में सर्वत्र भारतीय अंक-संकेत तथा अंक-पद्धति को अपना लिया गया। रोमन अंक अब भी जीवित हैं।

संक्षेप में, यही हैं पुरानी अंक-पद्धतियाँ। इन पुरानी अंक-पद्धतियों का स्थान अब भारतीय अंक-पद्धति ने ले लिया है।

भारत की पुरानी अंक-पद्धतियाँ

पिछले प्रकरण में हमने देखा है कि किसी भी प्राचीन सभ्यता की अंक-पद्धति हमारी वर्तमान अंक-पद्धति जैसी नहीं थी। यह भी स्पष्ट है कि वे अंक-पद्धतियाँ वैज्ञानिक नहीं थीं। यह सचमुच ही बड़े आश्चर्य की बात है कि यूनान के यूक्लिद, आर्किमिदीज व एपोलोनियस-जैसे महान गणितज्ञ और प्लेटो व अरस्तू-जैसे दार्शनिक भी एक वैज्ञानिक अंक-पद्धति को जन्म नहीं दे सके!

यही बात प्राचीन भारत पर भी लागू होती है। यह सही है कि आधुनिक अंक-पद्धति का जन्म भारत में हुआ। परंतु हमें प्रामाणिक जानकारी मिलती है कि इस नई अंक-पद्धति का निर्माण किसी वैदिक ऋषि ने नहीं किया है। उपनिषदों के 'ब्रह्मज्ञानियों' ने भी इसे जन्म नहीं दिया।

दरअसल, हम नहीं जानते कि किस महान मस्तिष्क ने इस नई अंक-पद्धति को जन्म दिया है। ईसा की छठी सदी के एक अभिलेख में पहली बार हमें इस नई अंक-पद्धति के दर्शन होते हैं। पर साहित्यिक प्रमाणों से यह सिद्ध होता है कि भारत में ईसा की आरंभिक सदियों में इस नई अंक-पद्धति का जन्म हो चुका था। इसकी सविस्तार जानकारी हम आगे देंगे।

अन्य देशों की तरह हमारे देश में भी प्राचीन काल में वर्तमान अंक-पद्धति से भिन्न अंक-पद्धतियों का अस्तित्व रहा है। अशोक के अभिलेखों में हमें पुरानी अंक-पद्धति के दर्शन होते हैं। शक, कुषाण आदि शासकों के लेखों में भी पुरानी अंक-पद्धति का इस्तेमाल हुआ है। गुप्त शासकों के अभिलेखों की तिथियाँ भी पुरानी अंक-पद्धति में ही हैं। हमें इन्हीं पुरानी अंक-पद्धतियों की जानकारी प्राप्त करनी है। पुरानी अंक-पद्धतियों की कठिनाइयों को समझने के बाद ही नई अंक-पद्धति का महत्त्व भली-भाँति समझ में आ सकता है।

सिंधु सभ्यता की अंक-पद्धति

पहली बार 1921 ई. में सिंधु सभ्यता के दो नगरों—मोहेंजोदड़ो और हड़प्पा

की खोज हुई। अब ये स्थल पाकिस्तान में हैं। विभाजन के बाद पंजाब, पश्चिमी उत्तर-प्रदेश, राजस्थान और गुजरात-काठियावाड़ में सिंधु सभ्यता के सौ से भी ऊपर नए स्थल खोजे गए। इनमें रोपड़ (पंजाब), कालीबंगां (राजस्थान) व लोथल (काठियावाड़) प्रमुख स्थल हैं।

सिंधु सभ्यता ताम्रयुग की सभ्यता है। सिंधु सभ्यता के विभिन्न स्थलों से जो बहुत सारे पुरावशेष मिले हैं, उनमें लोहे की कोई वस्तु नहीं मिली है। प्राप्त पुरावशेषों के आधार पर यह जाना गया है कि सिंधु सभ्यता का उदय 2700 ई. पू. के आसपास हुआ था और ह्रास 1700 ई. पू. के आसपास।

सिंधु सभ्यता के विभिन्न स्थलों से लगभग दो हजार मुहरें मिली हैं। ये मुहरें चीनी मिट्टी, हाथीदाँत या शैलखड़ी की बनी हुई हैं। इन मुहरों पर पेड़-पौधे, पशु-पक्षी तथा मानव की आकृतियों के साथ-साथ लिपि-संकेत खोदे गए हैं। इन लिपि-संकेतों में कहीं-कहीं खड़ी लकीरें देखने को मिलती हैं। कुछ पुराविदों के मतानुसार ये खड़ी रेखाएँ सिंधु सभ्यता के अंक-संकेत हैं।

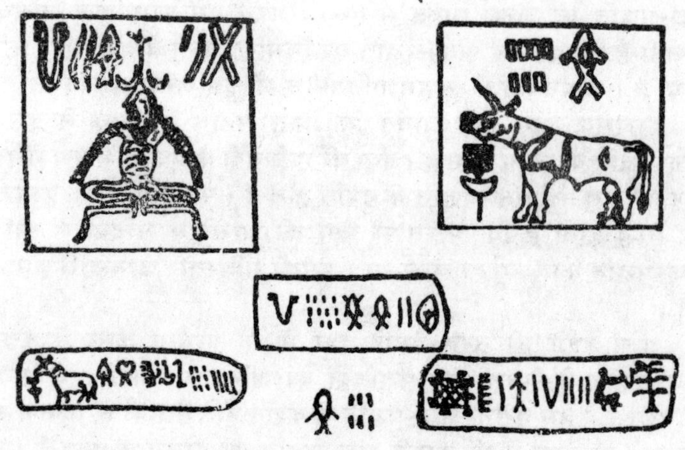

सिंधु लिपि की मोहरें

पिछले पचास साल से प्रयत्न जारी हैं, परंतु अभी तक सिंधु सभ्यता की लिपि को पढ़ पाना संभव नहीं हुआ है। हाँ, इतना अवश्य पता चला है कि सिंधु लिपि दाईं ओर से बाईं ओर लिखी जाती थी। लेकिन सिंधु लिपि किस स्वरूप की है, यह अभी तक नहीं जाना गया है। हम यह भी नहीं जानते कि सिंधु सभ्यता के लोग कौन-सी भाषा बोलते थे!

जब तक सिंधु लिपि का उद्घाटन नहीं होता, तब तक सिंधु सभ्यता की

मुहरों पर उत्कीर्ण खड़ी लकीरों को अनुमानतः ही अंक-संकेत माना जा सकता है। इन मुहरों पर अब तक अधिक से अधिक 13 खड़ी रेखाएँ खोजी गई हैं। यह भी देखा गया है कि 9, 12 या 13 के लिए इतनी ही खड़ी रेखाओं का इस्तेमाल हुआ है। यदि ये रेखाएँ सचमुच ही अंक-संकेत हैं, तो हम इस परिणाम पर पहुँचते हैं कि सिंधु सभ्यता की अंक-पद्धति में 5 या 10 के लिए कोई भिन्न चिह्न नहीं था। तो क्या सिंधु सभ्यता की अंक-पद्धति दस पर आधारित नहीं थी ? निश्चित रूप से कुछ नहीं कहा जा सकता।

सिंधु सभ्यता एक नागरी सभ्यता थी। सुमेर-बेबीलोन (मैसोपोटामिया) के साथ उनके व्यापारिक संबंध थे। ऐसी विकसित सभ्यता को लिपि, अंक-संकेत तथा माप-तौल के साधनों की जरूरत पड़ती ही है। सिंधु सभ्यता के विभिन्न स्थलों से बहुत सारे छोटे-बड़े बाट (बटखरे) मिले हैं। अधिकांश बाट आयताकार हैं, परंतु कुछ बाट बेलनाकार भी हैं। सबसे छोटे बाट का वजन 0.8750 ग्राम है और सबसे बड़े बाट का 10,970। इन बाटों के अनुपात इस प्रकार हैं : 1, 2, 4, 8, 16, 32, 64, 160, 320, 640, 1600, 3200 व 8000।

इन बाटों में 13.79 ग्राम भार के बाट अधिक संख्या में मिले हैं। यह 16 के अनुपात वाले बाट हैं। ऊपर दिए गए अनुपात-क्रम पर विचार करने से भी यही स्पष्ट होता है कि सिंधु सभ्यता की माप-तौल प्रणाली में 16 के अनुपात का विशेष महत्त्व था।

हमारे देश में मैट्रिक प्रणाली के प्रचलन के पहले 16 के अनुपात का बड़ा महत्त्व रहा है। माप-तौल में इस 16 के अनुपात का खूब प्रचलन रहा है। हम यह भी जानते हैं कि ऋग्वैदिक काल में मापन के लिए तुला तथा बाटों का इस्तेमाल नहीं होता था। उस समय **खारी** व **द्रोण** जैसे बर्तन-नुमा माप होते थे। लेकिन सिंधु सभ्यता के लोग तराजू और बाट का इस्तेमाल करते थे। सिंधु सभ्यता के स्थलों से तराजू के पलड़े भी मिले हैं। उनकी एक माप-पट्टी का टुकड़ा भी मिला है।[1]

सब बातों पर विचार करके हम इस परिणाम पर पहुँचते हैं कि सिंधु सभ्यता की माप-तौल प्रणाली 16 की इकाई पर आधारित थी। उनकी अंक-पद्धति भी संभवतः 16 पर आधारित थी। और, पहले हम बता ही चुके हैं कि गणना के लिए 10 के बजाय 16 का आधार बेहतर है।

इस प्रकार, हम देखते हैं कि सिंधु सभ्यतावालों को, न केवल लिपि का ज्ञान था, बल्कि उन्होंने एक बढ़िया माप-तौल प्रणाली को भी जन्म दिया था। सिंधु लिपि के पढ़े न जाने के कारण अभी हमें सिंधु सभ्यता की

1. विस्तृत जानकारी के लिए देखिए 'भारतीय विज्ञान की कहानी'।

अंक-पद्धति तथा उनकी माप-तौल प्रणाली के बारे में पूरी जानकारी नहीं मिली है। पर इतना निश्चित है कि सिंधु सभ्यता के लोग बाद के वैदिक आर्यों से ज्ञान-विज्ञान के मामले में काफ़ी आगे थे। सिंधु सभ्यता की अन्य अनेक उपलब्धियों की तरह उनकी माप-तौल प्रणाली भी बाद में जीवित रही।

वैदिक अंक-पद्धति

ईसा पूर्व 1500 के आसपास आर्यभाषी लोग जब इस देश में आए, तो उन्हें लिपि का ज्ञान नहीं था। ईरान, पश्चिमी एशिया तथा यूनान में पहुँचे हुए इन मूल आर्यभाषियों ने स्थानीय लिपियों के आधार पर अपनी भाषा के लिए नई लिपियों का निर्माण किया था। भारत में आकर बसे हुए आर्यभाषियों ने अपने स्तुति-काव्य—वेदों—को आरंभ में लिपिबद्ध नहीं किया था। आरंभ में इस साहित्य को कंठस्थ रखा जाता था, इसीलिए वेदों को 'श्रुति' कहते हैं।

लेकिन आर्यभाषियों के अपने अंक-संकेत अवश्य रहे होंगे। संस्कृत भाषा के एक, द्वि, त्रि, चतुः, पंच, षट्, सप्त, अष्ट, आदि शब्द बहुत पुराने हैं। लगभग इसी प्रकार की संख्या-संज्ञाएँ ग्रीक, लैटिन तथा प्राचीन पारसी भाषा में भी देखने को मिलती हैं। इससे सिद्ध होता है कि यूनानी, पारसी, भारतीय आर्य तथा पश्चिमी एशिया के मितन्नी, कस्सी आदि शासक भाषा की दृष्टि से एक-दूसरे के भाई-बंद थे। भाषा-परिवारों की पहचान के लिए देवताओं के नाम तथा संख्या-संज्ञाएँ बड़ी उपयोगी सिद्ध होती हैं।*

---

* इंदो-यूरोपीय (आर्य) भाषा-परिवार की संख्या-संज्ञाएँ :

	संस्कृत	यूनानी (ग्रीक)	लैटिन	लिथुआनी	तोखारी
1.	एक	oine	unus	venas	ṣom
2.	द्वि	dyo	duo	du, dvi	—
3.	त्रयस	treis	tres	trys	trai
4.	चत्वारः	tessares	quattuor	keturi	śtwer
5.	पंच	pente	quinque	penki	piś
6.	षट्	hex	sex	szezi	skas
7.	सप्त	hepta	septem	septyni	ṣukt
8.	अष्ट	octo	octo	asztuni	okt
9.	नव	ennea	novem	devyni	nu
10.	दश	deka	decem		śak
100.	शतम्	hecaton	centum	szimtas	kante

ईसा पूर्व चौदहवीं सदी में हम पश्चिमी एशिया में शुतर्ण, दुशरत्त, अर्ततम, आदि नामवाले मितन्नी शासकों को शासन करते देखते हैं। मितन्नी अभिलेखों में हमें **इंदर** (इंद्र), **उरुन** (वरुण), **मित्र** तथा **नाशत्तिअ** (नासत्यों, अश्विनीकुमारों) के नाम देखने को मिलते हैं। ये देवता वेदों में भी मौजूद हैं। मितन्नी राज्य से घोड़ों की शिक्षा के बारे में किसी **किक्कुलि** नामक व्यक्ति की लिखी हुई एक पुस्तक भी मिली है। इसमें **ऐक वर्तन्न** (एक घुमाव), **तेर वर्तन्न** (तीन घुमाव), **पंच वर्तन्न** (पाँच घुमाव), **सत्त वर्तन्न** (सात घुमाव) तथा **नव वर्तन्न** (नौ घुमाव) जैसे वाक्य देखने को मिलते हैं।

सारांश यह कि, वेदों में पाई जानेवाली संख्या-संज्ञाएँ बहुत प्राचीन हैं और इनका जन्म आर्यभाषियों के मूलस्थान (पश्चिमी मध्य एशिया) में ही हो चुका था। हमारी संख्या-संज्ञाएँ इंद्र, वरुण आदि वैदिक देवताओं से अधिक प्राचीन नहीं, तो कम-से-कम इन देवताओं इतनी पुरानी तो हैं ही।

भारत में पहुँचे हुए आर्यभाषी लोग आरंभ में कबीलाई अवस्था में थे। ऋग्वैदिक काल में उन्होंने नगर या बड़े राज्य की स्थापना नहीं की थी। ऐसे समाज को विकसित अंक-पद्धति की ज़रूरत नहीं होती। ऋग्वैदिक आर्यों को लिपि का ज्ञान नहीं था, परंतु उनके अंक-संकेत अवश्य रहे होंगे। ऋग्वेद में इसके लिए प्रमाण भी मिलते हैं।

वैदिक आर्यों को जुआ खेलने का बड़ा शौक था। ऋग्वेद का एक जुआरी कहता है—''**एक** पर बाजी लगाकर मैं अपनी अनुरागिणी पत्नी को खो बैठा।''[1] यहाँ **एक** का मतलब पासे पर अंकित '**एक**' के चिह्न से है।

ऋग्वेद का ही एक अन्य उल्लेख है : ''मुझे ऐसी हजार गायें दो, जिनके कानों पर **आठ** लिखा हो।''[2] हम जानते हैं कि ऋग्वैदिक समाज में गाय का बड़ा महत्त्व था। उस समय सिक्कों का प्रचलन नहीं था। गायें ही सिक्कों का काम देती थीं, यानी गाय विनिमय का साधन थी। उस समय गायों के कानों पर या बदन के किसी अन्य स्थान पर स्वस्तिक-जैसे चिह्न या अंक-संकेत दाग दिए जाते थे।

---

1. अक्षस्याहमेकपरस्य हेतोरनुव्रतामप जायामरोधं

—ऋग्वेद, 10।34।2

2. सहस्रं मे ददतो अष्टकर्ण्यः

—ऋग्वेद, 10।62।7

'अष्टाध्यायी' के दो सूत्रों (6।2।112 तथा 6।3।115) और उन पर 'काशिका' की व्याख्या से भी सिद्ध होता है कि 'अष्टकर्णी गौः' का अर्थ होता है—वह गाय या बैल जिसके कान पर 'आठ' का संकेत बना हो।

ऋग्वेद में अनेक स्थानों पर संख्या-संज्ञाओं के उल्लेख हैं। इन उल्लेखों से स्पष्ट होता है कि उस समय भी गणना-पद्धति दाशमिक थी, यानी दस पर आधारित थी। हमारे देश में वैदिक काल से लेकर आज तक गणना का आधार दस ही रहा है। पहले हम बता चुके हैं कि हमारे दोनों हाथों की उँगलियाँ दस हैं, इसीलिए यह दाशमिक गणना-पद्धति अस्तित्व में आई है।

ऋग्वेद में एक, द्वि, त्रि, चतुर्, पंच, षट्, सप्त, अष्ट, नव, दश, सहस्र, आदि संख्या-संज्ञाएँ देखने को मिलती हैं। गिनती की सबसे बड़ी इकाई **अयुत** (10,000) है और ऋग्वेद में पाई जानेवाली सबसे बड़ी संख्या **षष्टिं सहस्रा नवतिं नव** (60,099) है।[1] ऋग्वेद में नियुत, प्रयुत और अर्बुद शब्द भी हैं, परंतु संख्याओं के अर्थ में नहीं। कालांतर में ही इन शब्दों का संख्याओं के लिए इस्तेमाल हुआ है। दरअसल, ऋग्वेद में ऐसे अनेक शब्द हैं जिनका मूल अर्थ वह नहीं है जो कालांतर में रहा है। उदाहरणार्थ, वैदिक साहित्य में कृत, त्रेता, द्वापर व कलि शब्द कालवाचक नहीं, बल्कि देवताओं के नाम हैं या जुए के खेल के शब्द हैं। **कलि** नामक कवि ऋग्वेद के एक सूक्त का रचयिता भी है।

ऋग्वेद में गणना की सबसे बड़ी इकाई **अयुत** (10,000) है। **यजुर्वेद** में यह गिनती **परार्ध** (10,00,00,00,00,000) तक पहुँचा दी गई है। यजुर्वेद में आई हुई अयुत के बाद की ये दशगुणोत्तर संज्ञाएँ हैं : नियुत (1,00,000), प्रयुत (10,00,000), अर्बुद (1,00,00,000), न्यर्बुद (10,00,00,000), समुद्र (1,00,00,00,000), मध्य (10,00,00,00,000), अंत (1,00,00,00,00,000) और परार्ध (10,00,00,00,00,000)।

तैत्तिरीय, काठक और मैत्रायणी संहिताओं में दशगुणोत्तर संज्ञाओं की लगभग इसी प्रकार की सूचियाँ देखने को मिलती हैं। तैत्तिरीय संहिता में सम और विषम संख्याओं की सूचियाँ भी देखने को मिलती हैं। यजुर्वेद में एक स्थान पर 4 का 12 तक गुणन-क्रम, यानी 4 का पहाड़ा भी देखने को मिलता है।

हमारी आज की संख्या-संज्ञाएँ वेदों में प्रयुक्त संख्या-संज्ञाओं से ही बनी हैं। इस संदर्भ में एक बात जानने योग्य है। आज हम घटाने की पद्धति का उपयोग करके 19 को उन्नीस (ऊनविंशति), 29 को उनतीस (ऊनत्रिंशत्) आदि बोलते या लिखते हैं। आरंभ में इन्हें एकान्नविंशति या एकोन्नविंशति आदि कहा जाता था। किंतु कालांतर में 'एक' उपसर्ग को त्याग दिया गया।

---

1. ऋग्वेद, 1।5।9

परंतु ऋग्वैदिक काल में अभी घटाने की इस पद्धति ने पूरी तरह जन्म नहीं लिया था। यजुर्वेद में 19 के लिए **नवदश** और ऋग्वेद में 99 के लिए **नव-नवति** शब्द देखने को मिलते हैं।

तमिल भाषा की संख्या-संज्ञाओं में घटाने की इस पद्धति का प्रचलन नहीं है। तमिल में 9, 10 और 20 के लिए क्रमशः **ओंबदु**, **पत्तु** और **इरुबदु** शब्द हैं और 19 तथा 29 के लिए शब्द हैं **पत्तु-ओंबदु** तथा **इरुबदु-ओंबदु**।

वैदिक काल की अंक-पद्धति दशगुणोत्तर है, परंतु यह हमारी वर्तमान अंक-पद्धति जैसी नहीं है। वैदिक काल में अभी शून्य की धारणा ने जन्म नहीं लिया था। ऋग्वेद में 'शून्य' शब्द नहीं मिलता। हाँ, 'खे' शब्द मिलता है, जिसका अर्थ है 'सूराख़' या 'छेद'। भारत में शून्य पर आधारित आधुनिक स्थानमान अंक-पद्धति की खोज बहुत बाद में हुई।

ऋग्वैदिक काल का समाज अभी कबीलाई प्रथा से ऊपर नहीं उठा था। ऐसे समाज को विकसित अंक-पद्धति की जरूरत नहीं होती। इसलिए वेदों में हमें विकसित अंक-पद्धति के दर्शन नहीं होते। वेदों में उच्च गणित के फार्मूले खोजना तो कोरी पोंगापंथी ही है। आज चौथे दर्जे तक जितना गणित पढ़ाया जाता है, उससे अधिक गणित की ऋग्वैदिक समाज को जरूरत ही नहीं थी।

बाद में इन ऋग्वैदिक आर्यभाषियों ने गंगा-यमुना के दोआब में अपने राज्य खड़े किए। उत्पादन बढ़ा। तभी उन्हें एक विकसित अंक-पद्धति की जरूरत पड़ी। वेदांग साहित्य में हमें इस विकसित अंक-पद्धति के दर्शन होते हैं।

प्राचीन भारत में गणित का अध्ययन

ईसा पूर्व छठी सदी में दक्षिण की गोदावरी नदी तक भारत में 16 जानपद राज्य अस्तित्व में आ चुके थे। अब राजकाज और व्यापार के लिए लिपि, विकसित अंक-पद्धति तथा सिक्कों की जरूरत थी। ब्राह्मी लिपि के सबसे प्राचीन उपलब्ध लेख यद्यपि **अशोक** (272-232 ई. पू.) के ही हैं, परंतु साहित्यिक उल्लेखों से हमें जानकारी मिलती है कि ईसा पूर्व सातवीं-आठवीं सदी में **ब्राह्मी लिपि** अस्तित्व में आ चुकी थी। पहले-पहल उसी समय **पंचमार्क** या **आहत सिक्कों** का प्रचलन हुआ।

लगभग उसी समय सूत्रों के रूप में **वेदांग साहित्य** रचा गया। वेदांग के अंतर्गत **शिक्षा**, **कल्प**, **व्याकरण**, **निरुक्त**, **छंद** तथा **ज्योतिष** शास्त्रों का समावेश होता है। कृषिकर्म के लिए सही समय की जानकारी जरूरी थी। धर्मकर्म के शुभ मुहूर्तों के लिए समय का ज्ञान जरूरी था। इसलिए

काल-गणना यानी पंचांग का विकास हुआ । **वेदांग-ज्योतिष** काल-गणना की सबसे पुरानी पुस्तक है । इस पुस्तक का एक श्लोक है :

यथा शिखा मरायूणां नागानां मणयो यथा ।
तद्वद्वेदांगशास्त्राणां गणितं मूर्धनि स्थितम् ।।

अर्थात्, जिस प्रकार मोरों की शिखाएँ और नागों की मणियाँ सबसे ऊँचे स्थानों पर रहती हैं, उसी प्रकार वेदांग शास्त्रों में गणित का स्थान सर्वोपरि है ।

यहाँ गणित का अर्थ काल-गणना यानी ज्योतिष है । दरअसल, प्राचीन भारत में ज्योतिष में अंतर्गत ही गणित का विकास हुआ है । मुख्यत: ज्योतिष के ग्रंथों में ही हमें गणित के बारे में जानकारी मिलती है । बाद के **आर्यभट**, **ब्रह्मगुप्त**, **वराहमिहिर**, **भास्कराचार्य** आदि ज्योतिषियों ने अपने ज्योतिष- ग्रंथों में गणित का भी विवेचन किया है ।

प्राचीन भारत में विद्यार्थियों को पढ़ाए जानेवाले विषयों के अंतर्गत गणित (अंकगणित)का भी समावेश होता था । **छांदोग्य उपनिषद** का उल्लेख है कि, जब नारद ब्रह्मविद्या सीखने सनत्कुमार के पास पहुँचे, तो वे बताते हैं कि उन्होंने **राशिविद्या** (अंकगणित), **नक्षत्रविद्या** आदि का अध्ययन पहले ही कर लिया है । **कौटिल्य** के **अर्थशास्त्र** में भी बताया गया है कि चूडाकर्म के बाद विद्यार्थी को लिपि और **संख्यान** (गणनाशास्त्र) का अध्ययन करना चाहिए (वृत्तचौलकर्मा लिपिं संख्यानं चौपयुञ्जीत) ।

जैन धर्म में भी गणित के अध्ययन को बड़ा महत्त्व दिया गया था । **गणितानुयोग** (गणनाशास्त्र) को जैन शास्त्रों का एक अंग माना गया है । यही कारण है कि जैन ग्रंथों में हमें गणित के बारे में भी कुछ जानकारी मिल जाती है । बाद में अनेक जैनाचार्य गणितज्ञ हुए ।

पहले हम बता चुके हैं कि ऋग्वेद में गणना की सबसे बड़ी इकाई **अयुत** (दस हजार) है और यजुर्वेद में **परार्ध** (10^{12}) । चूँकि गणना का आधार दस था, इसलिए दशगुणोत्तर या शतगुणोत्तर संख्या-संज्ञाओं को गढ़ते जाने में कोई दिक्कत नहीं थी । **महाभारत** और **रामायण** में हमें बड़ी-बड़ी संख्याओं के लिए संज्ञाएँ देखने को मिलती हैं । जैसे, रावण का एक गुप्तचर राम की सेना की संख्या की जानकारी देते हुए कोटि, शंख, महाशंख, वृंद, महावृंद, पद्म, महापद्म, खर्व, महाखर्व, समुद्र और महौघ, इन शतगुणोत्तर संज्ञाओं के क्रम की गिनती करता है । जाहिर है कि सिर्फ संख्या-संज्ञाओं की जानकारी देने के लिए ही रामायण के रचयिता ने इन श्लोकों की रचना की है । **महौघ** का अर्थ है 10^{55} । हम जानते हैं कि इस धरती पर शुरू से लेकर आज तक इतने मनुष्य (वानरों सहित) पैदा नहीं हुए ।

बौद्धों और जैनों ने भी अपने ग्रंथों में बड़ी-बड़ी संख्या-संज्ञाएँ दी हैं। बौद्ध ग्रंथ **ललित-विस्तर** (ईसा की दूसरी सदी) में **कोटि** के आगे की शतगुणोत्तर गणना की सूची मिलती है। इस सूची में सबसे बड़ी संख्या **तल्लक्षणा** (10^{53}) है। पालि भाषा के **कच्चायन व्याकरण** में संख्या-संज्ञाओं की सूची **असंख्येय** (10^{140}) तक पहुँचा दी गई है!

नई-नई संख्या-संज्ञाएँ गढ़ने में जैनाचार्य भी पीछे नहीं रहे। **अनुयोगद्वार-सूत्र** में संसार के समस्त जीवों की संख्या 2^{96} बताई गई है। जैन ग्रंथों में पाई जाने वाली दूसरी बड़ी संख्या-संज्ञा है **शीर्षप्रहेलिका** ($84,00,000^{28}$)! जाहिर है कि यह सब दिमागी कसरत थी। उस समय के भौतिक जीवन के व्यापारों के लिए इतनी बड़ी संख्याओं की जरूरत नहीं थी। उस समय के ज्योतिष-अध्ययन के लिए भी इतनी बड़ी संख्याओं की जरूरत नहीं थी।

वैदिक काल में या बुद्ध-महावीर के समय में अंक-संकेत किस प्रकार के थे, इसके बारे में हमें कोई जानकारी नहीं मिलती। बुद्ध या महावीर के समय का अभी तक हमें कोई हस्तलेख या अभिलेख नहीं मिला है। पहली बार हमें अशोक के अभिलेखों में अंक-संकेतों के दर्शन होते हैं। चूँकि अशोक के समय की अंक-पद्धति में शून्य नहीं है, इसलिए हम इस परिणाम पर पहुँचते हैं कि बुद्ध-महावीर के समय में भारत में अभी नई स्थानमान अंक-पद्धति ने जन्म नहीं लिया था।

अशोक के अभिलेखों के अंक-संकेत

हमने देखा है कि सिंधु सभ्यता की अपनी एक लिपि थी, अंक-संकेत भी थे। वैदिक काल में लिपि भले ही न रही हो, परंतु अंक-संकेत अवश्य रहे होंगे। परंतु वे अंक-संकेत किस प्रकार के थे, इसके बारे में हमें कोई जानकारी नहीं मिलती। पहली बार अशोक के लेखों में हमें अंक-संकेत देखने को मिलते हैं।

तीन-चार ऐसे भी लेख हैं, जिन्हें कुछ पुराविद अशोक के पहले के मानते हैं। परंतु उनमें अंक-संकेत नहीं हैं। इसलिए सबसे प्राचीन अंक-संकेत अशोक के अभिलेखों के अंक-संकेत ही हैं।

अशोक के अधिकांश अभिलेख **ब्राह्मी लिपि** में हैं। अशोक के समय में पश्चिमोत्तर भारत के सीमा प्रांत (गांधार देश) में **खरोष्ठी लिपि** का प्रचलन था, इसलिए अशोक ने मानसेहरा तथा शाहबाजगढ़ी के अपने चतुर्दश शिलालेख खरोष्ठी लिपि में खुदवाए थे। खरोष्ठी लिपि पश्चिमी एशिया की **आरमी** (आरमाइक) लिपि के आधार पर बनाई गई थी। आरमी लिपि दाईं ओर से बाईं ओर को लिखी जाती थी, इसलिए खरोष्ठी

लिपि भी इसी प्रकार लिखी जाती थी।

अशोक के खरोष्ठी लेखों में 1, 2, 4 और 5 के लिए अंक-संकेत देखने को मिलते हैं। इन्हें इतनी ही तिरछी रेखाओं से दर्शाया गया है। अशोक के बाद शक, कुषाण आदि शासकों ने भी ईसा की तीसरी सदी तक अपने अभिलेखों के लिए खरोष्ठी लिपि का इस्तेमाल किया। फिर भारत में ब्राह्मी लिपि इसका स्थान ले लेती है। परंतु मध्य एशिया में ईसा की पाँचवीं-छठी सदी तक खरोष्ठी लिपि का व्यवहार होता रहा। अशोक के बाद के खरोष्ठी अभिलेखों में हमें खरोष्ठी अंक-पद्धति के बारे में विस्तृत जानकारी मिलती है, इसलिए इसकी चर्चा हम आगे करेंगे।

अशोक के ब्राह्मी लेखों में संख्या 4, 6, 50 और 200 के लिए अंक-संकेत देखने को मिलते हैं। **कालसी** (देहरादून) के शिलालेख में 4 के लिए + जैसा चिह्न है। अशोक के ब्राह्मी लेखों में 'क' के लिए भी इसी प्रकार का अक्षर है।

गुजर्रा, सहसराम, रूपनाथ, सिद्धापुर आदि स्थानों से अशोक के लघु-शिलालेख मिले हैं। इन लघु-शिलालेखों में संख्या 256 अंक-संकेतों में लिखी गई है। अशोक कहते हैं: ''यह अनुशासन मैंने उस समय लिखवाया जब मैं प्रवास में था और प्रवास की 256 रातें (या दिन) बीत चुकी थीं।''

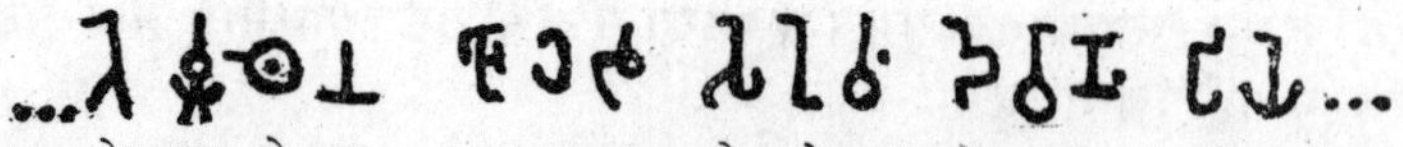

ते वू थे न २०० ५० ६ से हे वं दे वा नं पि ये

ब्रह्मगिरी (कर्णाटक) के लेख का अंश

अशोक के अभिलेखों में संख्या 256 पुरानी अंक-पद्धति में लिखी गई है। इसे लिखने में 200, 50 और 6 के संकेतों का इस्तेमाल किया गया है। यदि यह संख्या नई अंक-पद्धति में स्थानमान के अनुसार लिखी गई होती तो 2, 5 और 6 के अंक-संकेतों की ही जरूरत पड़ती। परंतु अशोक के लेखों में यह संख्या २००, ५०, ६ रूप में लिखी गई है। इससे स्पष्ट होता है कि अशोक के समय (ईसा पूर्व तीसरी सदी) में अभी नई अंक-पद्धति की खोज नहीं हुई थी।

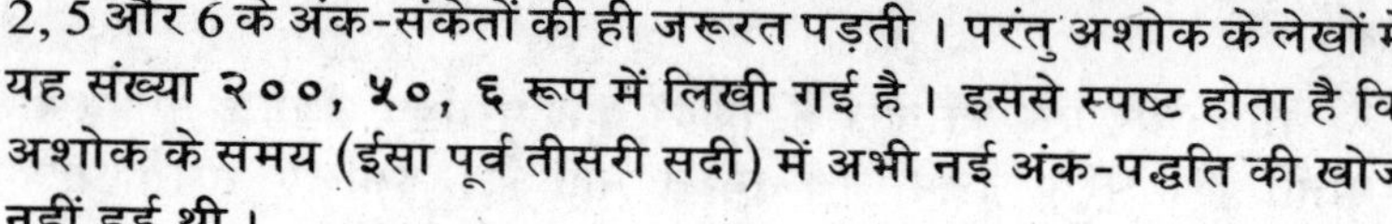

4 6 50 200

अशोक के ब्राह्मी अभिलेखों के अंक-संकेत

यहाँ हम देखते हैं कि 6 और 50 के दो-दो रूप और 200 के तीन रूप हैं। इससे पता चलता है कि अशोक के समय में अभी अंक-संकेतों में स्थायित्व

नहीं आया था। लगता है कि देश के विभिन्न भागों में भिन्न-भिन्न प्रकार के अंक थे।

चूँकि सबसे प्राचीन ब्राह्मी अंक-संकेत हमें अशोक के अभिलेखों में ही देखने को मिलते हैं, इसलिए यह जानने के लिए कोई साधन नहीं है कि ये अंक-संकेत कब और किस प्रकार अस्तित्व में आए थे। यह भी दावे के साथ नहीं कहा जा सकता कि ये अंक-संकेत अक्षरांक या संख्या-संज्ञाओं के आद्याक्षर हैं। 4 का अंक-संकेत ब्राह्मी के 'क' जैसा है। 6 का एक रूप (पीछे के चित्र में 6 के नीचे का पहला संकेत) ब्राह्मी के 'ज' अक्षर-जैसा है और यह आज के 6 अंक से भी मिलता है। 200 का एक अंक-संकेत (पीछे के चित्र में 200 के नीचे का पहला संकेत) ब्राह्मी के 'सु' अक्षर-जैसा है। लेकिन शेष अंक-संकेत ब्राह्मी के किसी अक्षर से नहीं मिलते।

अशोक के बाद के अभिलेखों में 1, 2 और 3 के लिए हमें इतनी ही आड़ी लकीरें देखने को मिलती हैं; और भी बहुत सारे अंक-संकेत देखने को मिलते हैं। इसलिए पुरानी शैली के ब्राह्मी अंक-संकेतों की विस्तृत चर्चा हम आगे करेंगे। यहाँ हमें पहले खरोष्ठी अंक-पद्धति के बारे में जानकारी प्राप्त करनी है।

खरोष्ठी अंक-पद्धति

अशोक के खरोष्ठी अभिलेखों में 1, 2, 4 और 5 के लिए इतनी ही कुछ तिरछी रेखाएँ हैं। अभिलेखों में इनके पहले **दुवे** (2), **चतुरे** (4) और **पंचसु** (5) जैसे शब्द हैं, इसलिए स्पष्ट है कि ये रेखाएँ अंक-संकेत ही हैं। खरोष्ठी अक्षरों की तरह इसके अंक-संकेत भी दाईं ओर से बाईं ओर लिखे जाते थे।

ईसा पूर्व पाँचवीं सदी में गांधार देश ईरान के हखामनि साम्राज्य का एक प्रांत था। उस समय गांधार देश की प्राकृत भाषा को लिपिबद्ध करने के लिए आरमी (आरमाइक) लिपि के आधार पर इस खरोष्ठी लिपि का निर्माण हुआ था। यह एक कामचलाऊ लिपि थी। इसमें ह्रस्व-दीर्घ स्वरों का भेद नहीं था, इसलिए यह लिपि संस्कृत भाषा के लिए उपयुक्त नहीं थी। फिर भी पश्चिमोत्तर भारत में ईसा की तीसरी सदी तक और मध्य एशिया में ईसा की पाँचवीं-छठी सदी तक इस लिपि का प्रचलन रहा।

अशोक के अभिलेखों में 4 और 5 के लिए क्रमशः इतनी ही तिरछी रेखाएँ हैं। परंतु अशोक के बाद के अभिलेखों में 4 का चिह्न आजकल के गुणन के चिह्न (×) जैसा है। आगे 4 के इस चिह्न के बाईं ओर क्रमशः एक, दो और तीन खड़ी रेखाएँ खींचकर 5, 6 और 7 के संकेत बनाए गए हैं। 4 के संकेत को दो बार लिखकर 8 का संकेत बनाया गया है। 4 के संकेत को दो बार लिखकर और उसके बाईं ओर एक खड़ी लकीर खींचकर 9 का संकेत

बन जाता होगा। 10 के लिए एक स्वतंत्र संकेत है, जो खरोष्ठी लिपि के 'अ' अक्षर-जैसा है।

खरोष्ठी का 20 का संकेत 10 के दो संकेतों को एक-दूसरे के ऊपर रखकर बनाया गया है, परंतु इसे एक स्वतंत्र संकेत ही मानना चाहिए। 30, 40, 50, 60, 70, 80 और 90 को दस और बीस के संकेतों की सहायता से व्यक्त किया जाता था। जैसे, 70=20+20+20+10। खरोष्ठी अंक-पद्धति में ये अंक-संकेत क्रमशः दाईं ओर से बाईं ओर लिखे जाते थे।

इस प्रकार, हम देखते हैं कि 1 से 99 तक की संख्याएँ मूलतः चार चिह्नों—1, 4, 10, और 20 के चिह्नों—से लिखी जाती थीं।

शक, पार्थव और कुषाणों के अभिलेखों से							अशोक के अभिलेखों से	
{I	100	33	40	IIX	6	/	/	1
{II	200	733	50	IIIX	7	//	//	2
{III	300	333	60	XX	8	///		
II37I	122	⊃333	70	7	10	X	////	4
X1373{II	274	3333	80	3	20	IX	/////	5

खरोष्ठी अंक-संकेत

खरोष्ठी अंक-पद्धति में 100 के लिए एक स्वतंत्र संकेत है। ब्राह्मी लिपि के 'त' या 'त्र' अक्षर के दाईं ओर एक खड़ी लकीर खींचने से 100 का यह संकेत बनता है। इसी संकेत के दाईं ओर दो और तीन खड़ी लकीरें खींचने से क्रमशः 200 और 300 के संकेत बनते हैं। 400 का संकेत किस प्रकार लिखा जाता था, इसके बारे में उपलब्ध अभिलेखों में हमें कोई जानकारी नहीं मिलती। इसी प्रकार, हमें यह भी जानकारी नहीं मिलती कि 500, 600, 700, 800 और 900 के संकेत किस प्रकार लिखे जाते थे।

मध्य एशिया (चीनी तुर्किस्तान) के एंदेरे स्थान से प्राप्त एक खरोष्ठी अभिलेख में 1000 के लिए संकेत देखने को मिलता है। दरअसल, उस लेख में संख्या 8000 अंक-संकेतों तथा शब्दों में लिखी हुई देखने को मिलती है। हजार के संकेत के पहले 4 के संकेत को दो बार लिखकर 8000 को व्यक्त किया गया है। इससे पता चलता है कि 100 के संकेत के दाईं ओर 4 का

संकेत रखकर 400 को व्यक्त किया जाता होगा। इसी प्रकार, 100 के संकेत के आगे 4 के दो संकेत रखकर 800 को व्यक्त किया जाता होगा। खरोष्ठी लेखों में 1000 से बड़ी संख्या-इकाई देखने को नहीं मिलती।

2 3 4 1000

मध्य एशिया के खरोष्ठी लेखों के कुछ विशिष्ट अंक-संकेत

मध्य एशिया के कुछ खरोष्ठी लेखों में 2, 3 और 4 के लिए कुछ भिन्न प्रकार के अंक-संकेत भी देखने को मिलते हैं। इनमें से 2 और 3 के अंक-संकेत क्रमशः दो और तीन खड़ी लकीरों को जोड़ते हुए तेजी से लिखने के कारण बने हैं। 2 और 3 के ये अंक-संकेत अरबी अंक-संकेतों जैसे बन गए हैं।

यही है खरोष्ठी अंक-पद्धति। इसके बारे में प्रमुख बात यह है कि, खरोष्ठी लिपि की तरह खरोष्ठी अंक-संकेत भी दाईं ओर से बाईं ओर को लिखे जाते थे।

खरोष्ठी अंक-पद्धति दस की गणना पर आधारित थी। इसमें, 10, 100 और 1000 के लिए स्वतंत्र संकेत थे। परंतु इसमें शून्य के लिए कोई संकेत नहीं था। आज की तरह यह दाशमिक स्थानमान अंक-पद्धति नहीं थी। फिर भी यह अंक-पद्धति उस समय की ब्राह्मी अंक-पद्धति या किसी अन्य अंक-पद्धति से घटिया नहीं थी। लुप्त होने के पहले इस अंक-पद्धति ने भारत और मध्य एशिया की सभ्यताओं की लगभग आठ सौ साल तक सेवा की है।

पुरानी अंक-पद्धति के ब्राह्मी संख्यांक

आज हम सारी संख्याएँ केवल दस चिह्नों—शून्य और नौ संकेतों—से लिखते हैं। अंक-संकेतों को बदलते स्थानमान देने से ही ऐसा संभव है। परंतु पुरानी अंक-पद्धतियों में अंक-संकेतों के मान स्थिर थे। पुरानी अंक-पद्धतियों में 10, 100, 1000 आदि के लिए स्वतंत्र संकेत थे। इसलिए पुरानी अंक-पद्धतियों में अंक-संकेतों की संख्या अधिक थी।

हमारे देश में ईसा की छठी सदी तक नई अंक-पद्धति—शून्य और नौ संकेतों वाली अंक-पद्धति—के दर्शन नहीं होते। अशोक के बाद शक, कुषाण, सातवाहन तथा गुप्त शासनकाल के अभिलेखों में पुरानी अंक-पद्धति का ही इस्तेमाल हुआ है। इन्हीं पुरानी शैली के अंकों के बारे में हमें थोड़ी जानकारी प्राप्त करनी है।

उस काल के बहुत सारे ग्रंथ उपलब्ध हैं। परंतु उनसे हमें अंक-संकेतों

के बारे में जानकारी नहीं मिल सकती। कारण यह है कि उनमें संख्याएँ शब्दों में लिखी गई हैं। किंतु शिलालेखों या ताम्रपत्रों में तिथि या दान से संबंधित संख्याएँ अक्सर अंक-संकेतों में लिख दी जाती थीं। इसीलिए पुराने अभिलेखों में हमें अंक-संकेत देखने को मिलते हैं।

हम जान चुके हैं कि अशोक के अभिलेखों में हमें ब्राह्मी के 4, 6, 50 और 200 के संख्यांक देखने को मिलते हैं। अशोक के बाद ईसा पूर्व दूसरी सदी में सातवाहनों ने महाराष्ट्र और आंध्र में अपना राज्य खड़ा किया था। पश्चिमी महाराष्ट्र में उस समय पहाड़ों को काटकर गुफाएँ बनवाई गई थीं। सातवाहनों के समय में महाराष्ट्र के एक भाग पर शकों का भी शासन रहा है। इन शकों और सातवाहनों ने ब्राह्मणों तथा बौद्ध भिक्षुओं को जो दान दिए थे, उनका विवरण उन्होंने गुफाओं की दीवारों पर खुदवा रखा है। इन्हीं लेखों में हमें कुछ अधिक अंक-संकेतों के दर्शन होते हैं।

कुछ प्राचीन अभिलेखों के अंश, जिनमें प्राचीन अंक-पद्धति के ब्राह्मी संख्यांकों का इस्तेमाल हुआ है।

लिप्यंतरण

1. कणिष्क के समय के मथुरा के एक लेख का अंश :
   साहिकणिष्कस्य सं 7 हे 1 दि 10 5

2. कणिष्क के राजकाल के वाराणसी से प्राप्त एक लेख का अंश :
   महाराजस्य काणिष्कस्य सं 3 हे 3 दि 20 2

3. हुविष्क के समय के गिरधरपुर स्तंभलेख के दो अंश :
   संवत्सरे 20 8 गुर्प्पिय दिवसे 1 अयं

   पुराणशत 500 50 समितकर

4. वासिष्ठीपुत्र पुलुमावी के नासिक के लेख का एक अंश :
   सिरिपुलुमायिस संवछरे एकुनवीसे

   10 9 गिम्हाण पखे बितीये 2 दिवसे

5. जग्गय्यपेट के इक्ष्वाकु लेख का एक अंश :
   संवछर 20 वासा पखं 6 दिवसं 10

6. नागार्जुनकोंडा के महाचैत्य के एक आयकस्तंभ पर उत्कीर्ण लेख का अंश :
   रञो सिरिविरपुरिसदतस संव 6 वा प 6 दिव 10

अशोक के कोई सौ साल बाद महाराष्ट्र की नाणेघाट पहाड़ी की चोटी पर एक गुफा बनाई गई थी। इसमें एक खंडित लेख मिला है। इस लेख में यज्ञ-दान का विवरण है और इसमें सातवाहन राजकुमार वेदिश्री तथा शक्तिश्री के नामों का उल्लेख है। इस लेख में आए हुए ब्राह्मी संख्यांक ये हैं :

1	2	4	6	7	9	10

20	80	100	200	300	400	700

1000	4000	6000	10,000	20,000

तदनंतर नासिक के पास की गुफाओं के क्षत्रपों व सातवाहनों के लेखों में कुछ अधिक संख्यांक देखने को मिलते हैं, जो ईसा की पहली-दूसरी सदियों के हैं :

1	2	3	4	5	6	7	8

9	10	20	40	100	200	500

1000	2000	3000	4000	8000	70,000

नाणेघाट और नासिक के इन अंक-संकेतों को देखकर उस समय की अंक-पद्धति का स्पष्ट परिचय मिल जाता है। 1, 2 और 3 के लिए क्रमशः इतनी ही आड़ी लकीरें हैं। अशोक के समय में भी 1, 2 और 3 के

लिए ऐसे ही संकेत रहे होंगे । नाणेघाट व नासिक के लेखों में 4 के संकेत अशोक के समय के 4 से कुछ भिन्न हैं । नासिक के लेखों में 1 से 10 तक के सारे अंक-संकेत देखने को मिलते हैं । 10 के लिए एक स्वतंत्र संकेत है । इसी प्रकार 20, 40 और 80 के लिए स्वतंत्र संकेत हैं । 100 के लिए पुनः एक स्वतंत्र संकेत है । लेकिन 200, 300, 400, 500 आदि के संकेत 100 के संकेत के साथ 1, 2, 4, 5 आदि के संकेत जोड़कर बनाए गए हैं ।

हजार के लिए पुनः एक नया संकेत है । नाणेघाट व नासिक के हजार के संकेतों में कुछ अंतर है । 1000 के संकेत के साथ 1, 2 तथा 4 आदि के संकेत जोड़कर ही 2000, 3000, 4000 आदि के लिए संकेत बनाए गए हैं । नाणेघाट के लेख में 1000 के संकेत के साथ 10 और 20 के संकेत जोड़कर क्रमशः 10,000 और 20,000 के संकेत बनाए गए हैं ।

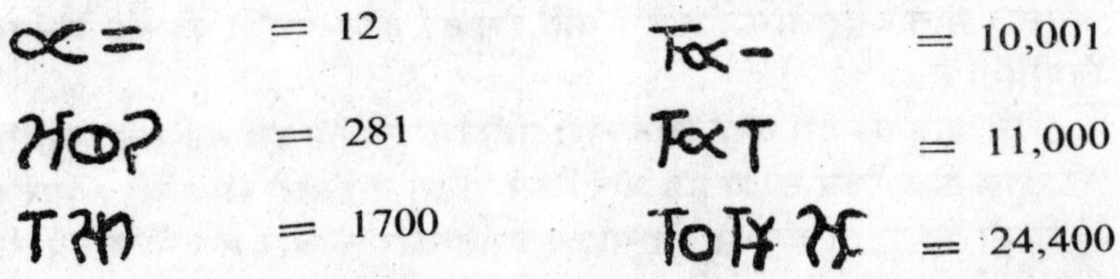

	= 12		= 10,001
	= 281		= 11,000
	= 1700		= 24,400

पुरानी पद्धति के ब्राह्मी के मिश्र अंक

जाहिर है कि यह पुरानी अंक-पद्धति है । इसमें शून्य के लिए संकेत नहीं है । इसमें 1 के आगे शून्य रखकर 10, 100, 1000 आदि को नहीं बनाया गया है । अतः स्पष्ट है कि ईसा की पहली-दूसरी सदी में अभी शून्य पर आधारित नई अंक-पद्धति की खोज नहीं हुई थी । यदि खोज हुई भी होगी तो उसे अभिलेखों के लिए नहीं अपनाया गया था ।

आगे कुछ सदियों तक इन्हीं अंकों के विकसित रूपों का इस्तेमाल होता रहा । छठी सदी के एक लेख में पहली बार हमें नई अंक-पद्धति के दर्शन होते हैं । नई अंक-पद्धति में शून्य-संकेत के अलावा नौ संकेतों का इस्तेमाल होता है । जब नई अंक-पद्धति का आविष्कार हुआ, तो इसके लिए 1 से 9 तक के पुराने ब्राह्मी अंक-संकेतों को ही अपनाया गया । यही कारण है कि हमारे आज के नौ अंक-संकेतों का मूल हमें नाणेघाट या नासिक के लेखों के ब्राह्मी अंक-संकेतों में देखने को मिलता है ।

अब हम देखेंगे कि नई अंक-पद्धति की खोज कब और कैसे हुई और अभिलेखों में कब से इसका इस्तेमाल होने लगा ।

नई अंक-पद्धति

नई अंक-पद्धति वह है जिसका आज हम इस्तेमाल करते हैं। इस अंक-पद्धति में शून्य सहित कुल दस संकेत हैं। इन दस संकेतों से हम बड़ी-से-बड़ी संख्या लिख सकते हैं। इनमें से प्रत्येक संकेत का अपना एक निजी मान है। इसके अलावा, प्रत्येक संकेत का संख्या में उसके स्थान के अनुसार मान बदलता रहता है। यही इस नई अंक-पद्धति की सबसे बड़ी विशेषता है।

इस बात की हमें कोई जानकारी नहीं मिलती कि इस नई अंक-पद्धति की खोज ठीक किस समय हुई और किस पंडित ने इसकी खोज की। भारत के किसी भी पुराने ग्रंथ में इस महान आविष्कार के बारे में हमें जानकारी नहीं मिलती। हम सिर्फ यही जान सकते हैं कि प्राचीन भारत के ग्रंथों में और अभिलेखों में कब से इस नई अंक-पद्धति के उदाहरण मिलते हैं।

प्राचीन भारत के अधिकांश ग्रंथ पद्य में लिखे गए हैं। ज्योतिष और गणित के ग्रंथ भी पद्य में लिखे गए हैं। पद्य में संख्यांकों को लिखना संभव नहीं है। पद्य में संख्याओं को शब्दों या अक्षरों की किसी विशेष योजना से ही लिखना संभव है। पर अभिलेखों में अंक-संकेतों को खोदने की परंपरा रही है। इसलिए सबसे पहले हम यही देखेंगे कि अभिलेखों में हमें इस नई अंक-पद्धति के दर्शन कहाँ और कब होते हैं।

अभिलेखों में नई अंक-पद्धति

गुप्तकाल (लगभग 300-500 ई.) के अनेक अभिलेख मिले हैं। इनमें से कुछ लेखों में तिथियाँ हैं, कुछ में नहीं हैं। कुछ लेखों में अंक-संकेतों में भी तिथियाँ दी गई हैं। परंतु गुप्त शासकों के किसी भी लेख में नई अंक-पद्धति के दर्शन नहीं होते। उनके समकालीन महाविदर्भ के वाकाटक राजाओं के लेखों में भी हमें नई अंक-पद्धति के संख्यांक देखने को नहीं मिलते।

सबसे पहले एक गुर्जर राजा के दानपत्र में हमें नई अंक-पद्धति के संख्यांक देखने को मिलते हैं। यह दानपत्र संखेड़ा से प्राप्त हुआ है। इस दानपत्र में दी गई तिथि है—

संवत्सरशतत्रयं (ये) षट्चत्वारिशो (शद्) त्तरके । 346

यहाँ शब्दों और अंक-संकेतों, दोनों में तिथि दी गई है। जिस संवत्सर का इस्तेमाल हुआ है, वह कलचुरि (चेदि) संवत् है। कलचुरि संवत् का आरंभ 248-49 ई. से माना जाता है। अतः कलचुरि-संवत् 346 का अर्थ हुआ, 594 ई.।

संखेड़ा से प्राप्त किसी गुर्जर राजा के इस दानपत्र में संख्या 346 नई अंक-पद्धति में लिखी गई है। इसमें बाईं ओर से दाईं ओर क्रमशः अंक-संकेत 3, 4 और 6 का इस्तेमाल हुआ है। यही संख्या यदि पुरानी अंक-पद्धति में लिखी जाती तो क्रमशः 300, 40 और 6 के संकेतों का इस्तेमाल होता। चूँकि संख्या 346 शब्दों में भी दी गई है, इसलिए संदेह की कोई गुँजाइश नहीं रह जाती। और, 3, 4, तथा 6 के लिए जिन संकेतों का इस्तेमाल हुआ है, वे पुराने अंक संकेत हैं। 3 के लिए कुछ मुड़ी हुई तीन आड़ी लकीरें हैं, 4 के लिए गुप्तकाल में प्रयुक्त 4 के संकेत का इस्तेमाल हुआ है और 6 के लिए अशोक के लेखों में प्रयुक्त 6 का संकेत है, जो आजकल के देवनागरी के छह से भी कुछ मिलता है (देखिए, चित्र पृष्ठ 58)।

उपर्युक्त लेख में संख्या 346 है, परंतु शून्य का संकेत नहीं है। इससे हमें यह नहीं समझना चाहिए कि शून्य के संकेत का या शून्य की धारणा का आविष्कार नहीं हुआ था। शून्य की धारणा और इसके संकेत के बिना हम नई अंक-पद्धति के अस्तित्व की कल्पना ही नहीं कर सकते।

जिस समय नई अंक-पद्धति का आविष्कार हुआ, उस समय शून्य के संकेत का आकार कैसा रहा होगा, इसके बारे में कोई स्पष्ट जानकारी नहीं मिलती। राघोली (बालाघाट जिला, मध्यप्रदेश) से प्राप्त शैलवंशी राजा जयवर्धन (द्वितीय) के एक दानपत्र (आठवीं सदी ई.) में हमें पहली बार शून्य का संकेत देखने को मिलता है। इसमें शून्य के लिए आजकल-जैसा लघुवृत्त है। नई अंक-पद्धति में लिखी गई संख्या 30 में यह लघुवृत्त देखने को मिलता है।[1] प्रतीहार राजा भोजमिहिर (840-881 ई.) की 870 ई. के आसपास की ग्वालियर से प्राप्त प्रशस्ति में भी शून्य के लिए लघुवृत्त का इस्तेमाल हुआ है।[2]

---

1. महाकोशल के शैलवंशी शासकों का संभवतः यही एक ताम्रशासन मिला है। इसका संपादन रायबहादुर डा. हीरालाल ने किया है (EI. IX. 41)। इसमें शैलवंश की जानकारी के बाद उल्लेख है कि "परममाहेश्वर सकलविंध्याधिपति महाराजाधिराज परमेश्वर श्री जयवर्धनदेव" (द्वितीय) ने राघोली के सूर्य-मंदिर के भोगार्थ एक गाँव दान में दिया था। यह दान राजधानी श्रीवर्द्धनपुर से दिया गया था।
2. ग्वालियर के समीप 1896 ई. में इस अभिलेख (प्रशस्ति) की खोज हुई थी। तत्कालीन उत्तर भारत की आरंभिक नागरी लिपि तथा काव्य शैली की संस्कृत भाषा में रची गई इस प्रशस्ति में 17 पंक्तियाँ हैं। इसमें प्रत्येक श्लोक के अंत में संख्यांक दिए गए हैं, जैसे, ।।23।।। इस प्रकार, इस लेख में 1 से 26 तक की श्लोक-संख्याएँ नई अंक-पद्धति में दी गई हैं।

ईसा की सातवीं, आठवीं और नौवीं सदियों के ऐसे अनेक अभिलेख मिले हैं जिनमें संख्याएँ नई अंक-पद्धति में लिखी गई हैं। राष्ट्रकूट शासक दंतिदुर्ग के 753 ई. के एक दानपत्र में शक संवत् 675 नई अंक-पद्धति में दिया गया है। राष्ट्रकूट राजा शंकरगण के 793 ई. के एक दानपत्र में शक संवत् 715 नई अंक-पद्धति में है। प्रतीहार शासक नागभट के एक लेख में विक्रम संवत् 872 नई अंक-पद्धति में है। पृष्ठ 58 पर हम नई अंक-पद्धति की संख्याओं के कुछ आरंभिक नमूने दे रहे हैं।

सन् 594 ई. के बाद के सभी लेखों में हमें नई अंक-पद्धति के दर्शन नहीं होते। नई अंक-पद्धति के साथ-साथ पुरानी अंक-पद्धति का भी इस्तेमाल होता रहा। ईसा की दसवीं सदी तक के कई अभिलेखों में हमें पुरानी अंक-पद्धति की संख्याएँ देखने को मिलती है। तदनंतर सर्वत्र नई अंक-पद्धति को स्वीकार कर लिया गया।

अभिलेखों के लिए नई अंक-पद्धति को स्वीकार करने में इतना समय क्यों लगा?

एक कारण है—पुरातन का मोह। शिलालेखों या ताम्रपत्रों की रचना का ढाँचा काफी हद तक परंपरागत रहा है। इनकी रचना राज-दरबार के लेखक और ब्राह्मण-पुरोहित करते रहे हैं।

दूसरा कारण यह है कि, नई अंक-पद्धति का आविष्कार किसी ब्राह्मण-पुरोहित या पुराण-कथा रचनेवालों ने नहीं किया है। नई अंक-पद्धति अवश्य ही किसी ज्योतिषी या गणितज्ञ के दिमाग की उपज है। महान गणित-ज्योतिषी आर्यभट (499 ई.) नई अंक-पद्धति से परिचित थे। उन्होंने अपने 'आर्यभटीय' ग्रंथ में यद्यपि एक नई अक्षरांक-पद्धति का इस्तेमाल किया है, किंतु इस बात की स्पष्ट जानकारी मिलती है कि उनके समय में नई अंक-पद्धति की खोज हो चुकी थी। छठी सदी के महान ज्योतिषी वराहमिहिर भी नई अंक-पद्धति से भलीभाँति परिचित थे।

ईसा की आरंभिक सदियों में किसी गणितज्ञ ने नई अंक-पद्धति की खोज की होगी। लेकिन उनका नाम आज हम नहीं जानते। उनकी कोई कृति भी नहीं मिलती। गणित और ज्योतिष के ग्रंथ पद्य में लिखे गए, इसलिए अंक-पद्धति के प्रारंभिक प्रमाण हमें नहीं मिलते। जब यह नई अंक-पद्धति गणित व ज्योतिष में रूढ़ हो गई और जनसाधारण में भी फैल गई, तभी इसका अभिलेखों में इस्तेमाल शुरू हुआ। अतः हम इस परिणाम पर पहुँचते हैं कि 594 ई. के काफी पहले नई अंक-पद्धति की खोज हो चुकी थी। इसके लिए साहित्यिक प्रमाण भी मिलते हैं, जिनकी चर्चा हम आगे करेंगे।

अपनी जन्मभूमि में इस नई अंक-पद्धति का काफी देर बाद

प्रचार-प्रसार होने का एक और कारण हो सकता है । इस नई अंक-पद्धति का आविष्कारक कोई ब्राह्मणेतर पंडित रहा होगा । गणित, विशेषतः संख्या-सिद्धांत, जैन मुनियों का प्रिय विषय रहा है। कई जैनाचार्य उच्चकोटि के गणितज्ञ हुए हैं । असंभव नहीं कि किसी जैन पंडित ने ही इस नई अंक-पद्धति की खोज की हो । ऐसी स्थिति में ब्राह्मणधर्म के अनुयायी पंडित-पुरोहित इस नई अंक-पद्धति को तुरंत स्वीकार कर लेते, इस बात की संभावना कम ही है ।

इतना निश्चित है कि ईसा की सातवीं सदी में नई अंक-पद्धति की ख्याति दक्षिण-पूर्व तथा पश्चिम एशिया के देशों में भी फैल चुकी थी । कुछ समय बाद अरब देशों के गणितज्ञों ने भारत की इस नई अंक-पद्धति को स्वीकार भी कर लिया था । फिर भी हमारे देश में ईसा की दसवीं सदी तक नई अंक-पद्धति के साथ-साथ पुरानी अंक-पद्धति का व्यवहार जारी रहा ! आगे हम देखेंगे कि उस समय तक भारतीय अंक-पद्धति दक्षिण यूरोप के देशों में पहुँच चुकी थी ।

नई अंक-पद्धति के बारे में एक बात पुनः दोहरानी जरूरी है । नई अंक-पद्धति में शून्य-संकेत के अलावा नौ संकेत हैं । ये हैं 1 से 9 तक की संख्याओं के संकेत । नई अंक-पद्धति के आविष्कार के समय 1 से 9 तक की संख्याओं के लिए नए संकेत नहीं गढ़े गए । इनके लिए उन्हीं संकेतों को स्वीकार किया गया जो पहले से मौजूद थे । अशोक के समय से इन संकेतों का विकास हो रहा था । यही कारण है कि नई अंक-पद्धति के अस्तित्व में आने से 1 से 9 तक के संकेतों में कोई परिवर्तन नहीं आया । यही कारण है कि अशोक के समय से लेकर आज तक के 1 से 9 तक के संकेतों में हमें एक विकसित सिलसिला देखने को मिलता है ।

नई अंक-पद्धति की सबसे बड़ी विशेषता है—शून्य की धारणा एवं उसका संकेत । अतः हम देखेंगे कि प्राचीन भारत के वाङ्मय में शून्य के उल्लेख कहाँ और किस प्रकार मिलते हैं ।

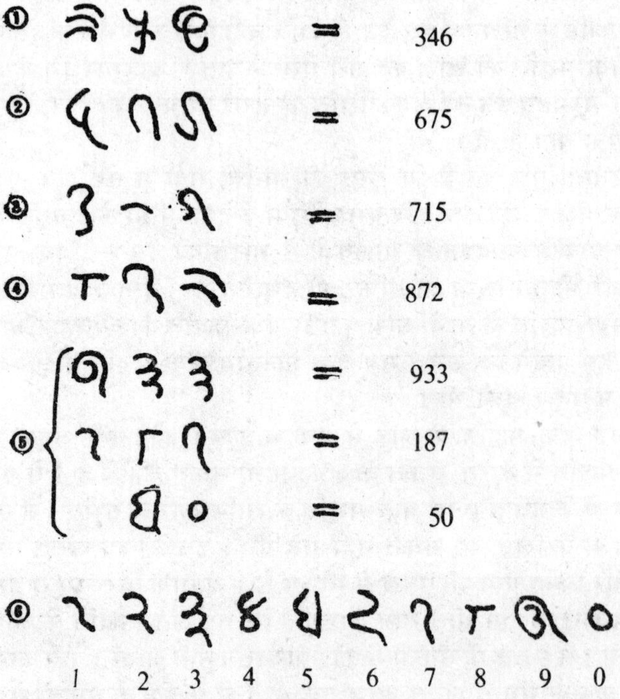

① = 346

② = 675

③ = 715

④ = 872

⑤ = 933
= 187
= 50

⑥
1 2 3 4 5 6 7 8 9 0

आरंभिक अभिलेखों में प्रयुक्त नई अंक-पद्धति की संख्याएँ

(1) संखेड़ा से प्राप्त किसी गुर्जर राजा के दानपत्र से (594 ई.)
(2) राष्ट्रकूट शासक दंतिदुर्ग के दानपत्र से (753 ई.)
(3) राष्ट्रकूट शासक शंकरगण के दानपत्र से (793 ई.)
(4) प्रतीहार शासक नागभट के लेख से (815 ई.)
(5) प्रतीहार शासक भोजमिहिर के समय के एक लेख से (876 ई.)
(6) प्रतीहार शासक भोजमिहिर की ग्वालियर-प्रशस्ति से (लगभग 870 ई.)

शून्य का आविष्कार

हम बता चुके हैं कि वेदों में 'शून्य' शब्द नहीं है। कालांतर में जब यह शब्द मिलता है, तो इसका अर्थ है—'रिक्त' या 'खाली' स्थान। **अमरकोश** में भी शून्य के यही अर्थ हैं (शून्यं तु वशिकं तुच्छरिक्तके)। लेकिन इस 'तुच्छ' शून्य में कब प्राण फूँके गए और कब से गणना में इसका इस्तेमाल होने लगा, इसके बारे में हमें कोई स्पष्ट जानकारी नहीं मिलती।

छंदशास्त्र पर आचार्य पिंगल का **छंदःसूत्र** ग्रंथ प्रसिद्ध है। इस ग्रंथ की रचना ईसा से एक-दो सदी पहले हुई है। छंदःसूत्र के आठवें अध्याय में पिंगल ने 'शून्य' शब्द का मात्राओं की गणना के संदर्भ में इस्तेमाल किया है। वस्तुतः, उन्होंने विशेष अर्थों में 'दो' और 'शून्य' (द्विः शून्ये) का इस्तेमाल किया है। 'दो' का इस्तेमाल उन्होंने आधा करने की क्रिया (द्विरर्द्धे) के लिए किया और शून्य का इस्तेमाल अभाव या घटाने की क्रिया (रूपे शून्यम्) के लिए।

पिंगल के समय में 2 के लिए संकेत था। परंतु 'शून्य' का संकेत किस प्रकार का रहा होगा, इसके बारे में हमें कोई जानकारी नहीं मिलती। संभव यही जान पड़ता है कि उस समय शून्य का संकेत बिंदु के आकार का रहा होगा और घटाने के अर्थ में इसका इस्तेमाल होता होगा। अन्य प्राचीन ग्रंथों में भी शून्य का इसी प्रकार प्रयोग हुआ है।

इस संदर्भ में **भक्षाली हस्तलिपि** की जानकारी बड़े महत्त्व की है।[1] यह हस्तलिपि प्राचीन शारदा लिपि में है, इसलिए इस का काल काफ़ी बाद का

---

1. पाकिस्तान के पेशावर जिले में भक्षाली नामक एक गाँव है। इसी गाँव के समीप के एक टीले में एक किसान को 1881 ई. में भोजपत्रों पर लिखी हुई एक हस्तलिपि मिली थी। इसी का नाम 'भक्षाली हस्तलिपि' है। इस हस्तलिपि के कोई 70 पन्ने बचे हैं और वे भी खंडित अवस्था में हैं। मूल हस्तलिपि अब ऑक्सफोर्ड (इंग्लैंड) के बौदलियन संग्रहालय में सुरक्षित है।

   सर्वप्रथम डा. हॉर्नल ने इस हस्तलिपि के बारे में विवेचनात्मक निबंध लिखे। उनका मत था कि यह हस्तलिपि ईसा की तीसरी-चौथी सदी की किसी मूल पुस्तक की अनुकृति है। बाद में उनके इस मत को अनेक विद्वानों ने स्वीकार किया।

है। लेकिन अनेक विद्वानों का मत है कि यह हस्तलिपि ईसा की तीसरी-चौथी सदी की किसी मूल पुस्तक की प्रतिलिपि है। भक्षाली हस्तलिपि खंडित अवस्था में मिली है, इसलिए हम नहीं जानते कि इसका लेखक कौन था और इस पुस्तक का असली नाम क्या था। पुस्तक में सूत्र हैं, सूत्रों के बाद उदाहरण हैं और तदनंतर उन उदाहरणों को अंकों एवं संकेतों में व्यक्त किया गया है।

भक्षाली हस्तलिपि में नई अंक-पद्धति का इस्तेमाल हुआ है। इसमें 1 से 9 तक की संख्याओं के लिए आठवीं-नौवीं सदी के अंक-संकेतों से मिलते-जुलते अंक-संकेत हैं और शून्य के लिए बिंदु का व्यवहार हुआ है।

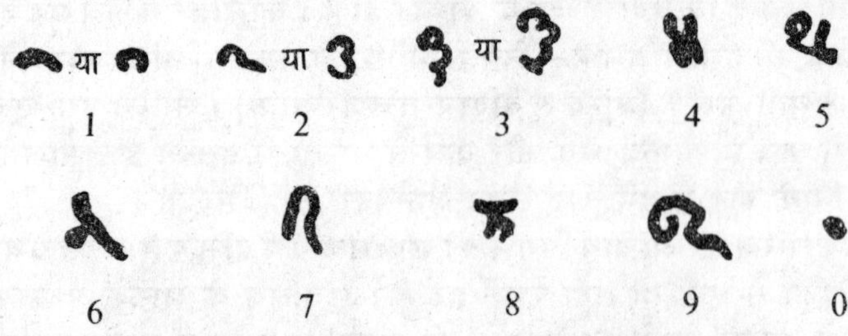

भक्षाली हस्तलिपि में प्रयक्त अंक-संकेत

ऊपर हमने बताया है कि अनेक प्राचीन ग्रंथों में घटाने के अर्थ में शून्य-बिंदु का प्रयोग हुआ। परंतु भक्षाली हस्तलिपि की यह एक विशेषता है कि उसमें 'घटाने की क्रिया' के लिए + चिह्न का व्यवहार हुआ है। जिस संख्या को घटाना होता था उसकी दाईं ओर यह चिह्न रखा जाता था। आज यह चिह्न 'जोड़' के अर्थ में प्रयुक्त होता है।

भक्षाली हस्तलिपि में शून्य-बिंदु का प्रयोग दो अर्थों में हुआ है। एक, नई अंक-पद्धति के शून्य के लिए और दूसरे 'अज्ञात राशि' के लिए। भक्षाली हस्तलिपि का एक उदाहरण लीजिए—

0	1	1	1	1	भा शे	16	फलं 81
1	1	1	1	1		1	
	3 +	3 +	3 +	3 +			

इस रचना-पद्धति में ऊपर की पंक्ति अंश स्थान की द्योतक है और नीचे की दो पंक्तियाँ हर स्थान की। 'भा शे' का अर्थ है 'भाग शेष'। शून्य का

भारत सरकार ने इस हस्तलिपि को तीन खंडों में प्रकाशित किया है और इसका संपादन जी. आर. के. ने किया है। के. महाशय ने इस हस्तलिपि को ईसा की 12वीं सदी की कृति माना है, परंतु उनका यह मत ठीक नहीं है। 'भक्षाली हस्तलिपि' के लेखक के बारे में हमें कोई जानकारी नहीं मिलती।

अर्थ है 'अज्ञात राशि' जिसे आजकल हम 'य' से व्यक्त करते हैं।

उपर्युक्त उदाहरण को आधुनिक पद्धति में हम यूँ लिख सकते हैं–

$$य = \frac{16}{(1-1/3)\ (1-1/3)\ (1-1/3)\ (1-1/3)} = 81$$

अर्थात्, वह कौन-सी संख्या है जो 16 को (1—1/3) (1—1/3) (1—1/3)(1—1/3) से भाग देने पर प्राप्त होती है ? उत्तर : 81।

प्रख्यात ज्योतिषि वराहमिहिर ने 505 ई. में अपने **पंचसिद्धांतिका** ग्रंथ की रचना की। इसमें उन्होंने पुराने पाँच ज्योतिष-सिद्धांतों के बारे में जानकारी दी है। आज ये पुराने सिद्धांत-ग्रंथ नहीं मिलते। इनमें से एक था—**पुलिश-सिद्धांत**। पुलिश-सिद्धांत की जानकारी देते समय वराहमिहिर ने शब्दांकों का प्रयोग किया है। साथ ही, नई अंक-पद्धति में प्रयुक्त शून्य के बारे में भी स्पष्ट जानकारी मिलती है। इससे हम इस परिणाम पर पहुँचते हैं कि वराहमिहिर के पहले के आचार्य पुलिश के ग्रंथ में नई अंक-पद्धति का इस्तेमाल हुआ था।

कुछ जैन ग्रंथों में हमें नई अंक-पद्धति के अस्तित्व के बारे में स्पष्ट जानकारी मिलती है। **अनुयोगद्वार-सूत्र** में 'अंकस्थान' शब्द आया है, जो अंक-संकेतों के स्थानमान का पर्यायवाची है। वायु-पुराण और विष्णु-पुराण में भी अंकों के अठारह स्थानों के उल्लेख मिलते हैं।

सब बातों पर विचार करने से हम इस परिणाम पर पहुँचते हैं कि शून्य पर आधारित नई पद्धति की खोज ईसा की आरंभिक सदियों में हो चुकी थी। लेकिन प्रचार-प्रसार होने में तीन-चार सदियों का समय लगा। गणित और ज्योतिष के ग्रंथों में मुख्यतः शब्दांक और अक्षरांक पद्धतियों का इस्तेमाल होता रहा।

शब्दांक पद्धति

संख्या-सूचक शब्दों का जब संख्याओं के रूप में इस्तेमाल होता है, तो उन्हें **शब्दांक** कहते हैं।

हमने देखा है कि कई आदिम समाजों की बोलियों में 'आँखें' शब्द 'दो' के अर्थ में प्रयुक्त होता है। यूनानी का 'पेंते' और हमारे 'पंच' (पंजा) शब्द का मूल अर्थ है—हथेली, जिसमें पाँच उँगलियाँ होती हैं। वैदिक साहित्य में 'कृत' शब्द 4 के अर्थ में प्रयुक्त हुआ है। वैदिक साहित्य में शब्दांकों के और भी कई उल्लेख मिलते हैं। अतः स्पष्ट है कि शब्दांक पद्धति का मूल काफ़ी प्राचीन है।

पुराने जमाने में ग्रंथ पद्य में लिखे जाते थे और उन्हें कंठस्थ रखने की 'परंपरा थी। इसलिए कई विषयों के ग्रंथ सूत्र रूप में लिखे जाते थे। ऐसे ग्रंथों में अंक-संकेतों को लिखना संभव नहीं था। अतः ऐसे ग्रंथों में शब्दांकों का प्रयोग हुआ। ज्योतिष और छंद-शास्त्र के ग्रंथों में शब्दांकों का इस्तेमाल अधिक हुआ है।

वेदांग-ज्योतिष में शब्दांकों के रूप में रूप (1), अय (4), गुण (8), युग (12) तथा भसमूह (27) शब्दों का प्रयोग हुआ है। पिंगल के **छंदःसूत्र** में शब्दांकों के अनेक उदाहरण मिलते हैं। कुछ उदाहरण हैं : भूतेंद्रियवस्वृषयः (5, 5, 8, 7), रुद्रादित्याः (11, 12), इंद्रियर्तुस्वराः (5, 6, 7), रसेंद्रियाणि (6, 5)।

छंदःसूत्र में प्रयुक्त इस शब्दांक पद्धति के बारे में एक बात जान लेनी ज़रूरी है। यहाँ शब्दांकों के समास आए हैं, लेकिन पूरे समासयुक्त शब्द से कोई एक संख्या नहीं बनती। भूतेंद्रियवस्वृषयः (भूत-इंद्रिय-वसु-ऋषयः) का अर्थ संख्या 5587 नहीं है, बल्कि 5 या 5 या 8 या 7 है। उदाहरण के लिए, छंदःसूत्र का पूरा सूत्र लीजिए–

क्रौंचपदा भ्मौ स्मौ नौ नौ ग् भूतेंद्रियवस्वृषयः (7.30)

इसका अर्थ होगा–"जिसके प्रति पाद में भगण, मगण, सगण, भगण, चार नगण और एक गुरु रहे, उसे 'क्रौंचपदा' छंद कहते हैं। इस छंद में पाँच, पाँच, आठ तथा सात अक्षरों में यति होगी।"

ऐसा लगता है कि आचार्य पिंगल के समय में अभी स्थानमान-युक्त नई दाशमिक अंक-पद्धति की खोज नहीं हुई थी। क्योंकि बाद के ग्रंथों में हम जिस शब्दांक पद्धति के दर्शन करते हैं, वह भिन्न प्रकार की है और नई अंक-पद्धति पर आधारित है। उदाहरणों से हम इस बात को अच्छी तरह समझ सकते हैं।

पहले हम बता चुके हैं कि वराहमिहिर ने अपने 'पंचसिद्धांतिका' ग्रंथ में पुराने पाँच ज्योतिष-सिद्धांतों के बारे में जानकारी दी है। इनमें से एक सिद्धांत था–पुलिश-सिद्धांत। आज यह ग्रंथ उपलब्ध नहीं है, परंतु वराहमिहिर के अनेक ग्रंथों के टीकाकार **भटोत्पल** के समय (दसवीं सदी ई.) तक पुलिश-सिद्धांत उपलब्ध था। क्योंकि, भटोत्पल ने 'बृहत्संहिता' की टीका में पुलिश-सिद्धांत से अनेक उद्धरण दिए हैं। इनमें अनेक स्थानों पर शब्दांकों का प्रयोग हुआ है। कुछ उदाहरण हैं–

0 0 8 7 3 2

1. **खखाष्टमुनिरामाश्विनेत्राष्टशररात्रिपाः** = (ख-ख-अष्ट-मुनि-राम-

2 8 5 1

अश्वि- नेत्र-अष्ट-शर-रात्रिपाः) = 1,58,22,37,800.

0 0 15 3 3 4

2. आकाशशून्यतिथिगुणदहनसमुद्रै=(आकाश-शून्य-तिथि-गुण-दहन-समुद्र) = 43,31,500.

11 2 3 4 0 1

3. रुद्रयमाग्निचतुष्कव्योमशशांकै=(रुद्र-यम-अग्नि-चतुष्क-व्योम-शशांकै) = 10,43,211.

शब्दांकों के ये उदाहरण छंदःसूत्र के उदाहरणों से भिन्न हैं। यहाँ भी शब्दांकों के पूरे समास हैं, परंतु इनसे एक पूरी संख्या बनती है, जो स्थानमान पद्धति में है। इन उदाहरणों की दूसरी विशेषता यह है कि इनमें अंकों (शब्दांकों) का क्रम दाईं ओर से बाईं ओर है। गणित व ज्योतिष के ग्रंथों में शब्दांक इसी क्रम से लिखे हुए देखने को मिलते हैं। नियम भी है—**अंकानां वामतो गतिः**—यानी अंकों की गति बाईं ओर को रहती है।

उपर्युक्त उदाहरणों पर विचार करने से स्पष्ट हो जाता है कि स्थानमान युक्त नई दाशमिक अंक-पद्धति के आविष्कार के बाद ही ऐसे शब्दांकों को लिखना संभव हुआ। सबसे पहले अंक-संकेतों में संख्याएँ लिख ली जाती थीं। फिर क्रमशः दाईं ओर से बाईं ओर आगे बढ़ते हुए उनके लिए शब्दांकों की रचना होती थी। आज भी हम दाईं ओर से बाईं ओर ही गिनती करते जाते हैं। जैसे, इकाई, दहाई, सैकड़ा इत्यादि।

ऊपर हमने जो उदाहरण दिए हैं वे मूल पुलिश-सिद्धांत के हैं। इस पुलिश-सिद्धांत की रचना निश्चित रूप से वराहमिहिर (505 ई.) के समय के पहले हो चुकी थी। पुलिश-सिद्धांत की रचना संभवतः ईसा की दूसरी-तीसरी सदी में हुई होगी। अतः यह सिद्ध होता है कि नई दाशमिक अंक-पद्धति ईसा की आरंभिक सदियों में अस्तित्व में आ चुकी थी।

वराहमिहिर के बाद के ब्रह्मगुप्त, लल्ल आदि गणित-ज्योतिषियों के ग्रंथों में नई शब्दांक पद्धति के बहुत सारे उदाहरण मिलते हैं। इतना ही नहीं, सातवीं सदी के आरंभ में नई पद्धति के शब्दांकों का प्रचार दक्षिण-पूर्व एशिया के देशों में भी हो चुका था। कंबोडिया (प्राचीन कंबुज) के बयाङ् स्थान से संस्कृत भाषा में एक मंदिर-शिलालेख मिला है। इस लेख में शकाब्द 546 को "ऋतु-वारिनिधि इंद्रिय" शब्दों से व्यक्त किया है।[1]

शब्दांक पद्धति में जिन शब्दों का इस्तेमाल हुआ है वे वस्तुओं,

---

1. कंबोडिया से ऐसे अनेक संस्कृत अभिलेख प्राप्त हुए हैं जिनमें शकाब्द नई अंक-पद्धति के शब्दांक में दिए गए हैं। कुछ उदाहरण हैं—

देवताओं, ग्रह-नक्षत्रों, शरीर के अवयवों आदि के नाम हैं। ऐसे शब्दों के अर्थ में संख्या-भाव निहित रहता है, इसीलिए शब्दांकों के रूप में इनका इस्तेमाल हुआ है। जैसे, ऋतु छह हैं, इसलिए 6 के लिए 'ऋतु' शब्द का इस्तेमाल हुआ। नेत्र दो हैं, इसलिए 2 के लिए 'नेत्र' शब्द का इ स्तेमाल हुआ। कई बार एक ही शब्द दो भिन्न संख्याओं के लिए प्रयुक्त हुआ है। जैसे, दिक् या दिश् शब्द 4 और 8, दोनों के लिए प्रयुक्त हुआ है।

नीचे हम प्रमुख शब्दांकों की सूची दे रहे हैं[2]—

0 = शून्य, ख, गगन, आकाश, व्योम, पूर्ण, अंतरिक्ष, रंध्र, इत्यादि।
1 = आदि, शशि, इंदु, चंद्र, शशांक, पृथ्वी, भू, पितामह, इत्यादि।
2 = यम, अश्विन, नेत्र, चक्षु, बाहु, कर्ण, ओष्ठ, युगल, इत्यादि।
3 = राम, गुण, लोक, काल, त्रिनेत्र, अग्नि, दहन इत्यादि।
4 = वेद, श्रुति, समुद्र, अब्धि, जलधि, वर्ण, आश्रम, युग, कृत, अय इत्यादि।
5 = बाण, शर, भूत, प्राण, पांडव, तत्त्व, इंद्रिय, इत्यादि।
6 = रस, अंग, ऋतु, राग, कारक, इत्यादि।
7 = नग, पर्वत, ऋषि, मुनि, वार, द्वीप, स्वर, इत्यादि।
8 = वसु, अहि, नाग, गज, दिक, सर्प इत्यादि।
9 = अंक, ग्रह, रंध्र, द्वार, निधि इत्यादि।
10 = दिश, अंगुली, रावणशिर, अवतार इत्यादि।
11 = रुद्र, महादेव, हर इत्यादि।
12 = रवि, सूर्य, मास, राशि इत्यादि।
13 = विश्वेदेवाः, विश्व, इत्यादि।
14 = मनु, विद्या, इंद्र इत्यादि।
15 = तिथि, दिन, पक्ष इत्यादि।

आगे इससे बड़ी संख्याओं के लिए भी शब्द मिलते हैं। जैसे, कला (16), नख (20), गायत्री (24), नक्षत्र (27), देव (33) आदि।

पद्य की रचना में इस अक्षरांक पद्धति की बड़ी उपयोगिता थी। इसलिए न केवल संस्कृत के ग्रंथों में बल्कि हिंदी आदि देशी भाषाओं के काव्य-ग्रंथों

ख–पंच–इंद्रिय = 550।
मुख–ऋतु–बाण = 561।
नव–तनु–विषय = 589।
शर–नव–शर = 595।
मूर्ति–द्वार–शर = 598।
त्रि–व्योम–ऋतु = 603।

2. मध्य एशिया के भारतविद् अल्बेरूनी ने भी अपने 'भारत' (1030 ई.) में शब्दांकों की सूची दी है।

में भी इस अक्षरांक पद्धति के उदाहरण देखने को मिलते हैं। अभिलेखों में भी इसका इस्तेमाल हुआ है।

अक्षरांक पद्धतियाँ

वर्णमाला के अक्षरों को जब संख्यामान दिए जाते हैं, तो वे अक्षरांक या वर्णांक कहलाते हैं। शब्दांक पद्धति की तरह अक्षरांक पद्धतियाँ भी काफ़ी पुरातन हैं।

आज से करीब ढाई हजार साल पहले यूनानियों ने एक अक्षरांक पद्धति को जन्म दिया था। यूनानियों ने जब फिनिशियन अक्षरों को अपनाकर अपनी भाषा के लिए एक वर्णमाला का निर्माण कर लिया, तो उनके सामने समस्या उठी—अंकों के लिए कौन-से संकेत लें?

उस समय तक नई दाशमिक अंक-पद्धति की खोज नहीं हुई थी। इसलिए केवल दस संकेतों से काम नहीं चल सकता था। यूनानियों ने अंत में अपनी लिपि के अक्षरों को ही संख्यामान दिए। उनकी लिपि में 24 अक्षर थे। तीन अक्षर उन्होंने नए बनाए। इस प्रकार कुल 27 अक्षर हो गए। प्रथम नौ अक्षरों को उन्होंने 1 से 9 तक की संख्याओं के मान दिए। आगे के नौ अक्षरों को क्रमशः 10, 20, 20 ··· 90 संख्यामान। और, अंतिम नौ अक्षरों को क्रमशः 100, 200, 300 ··· 900 संख्यामान। इन अक्षरों की बाईं ओर एक तिरछी लकीर खींचकर उन्होंने सहस्रों की संख्याओं को व्यक्त करने की भी व्यवस्था कर ली।

स्पष्ट है कि यह नई दाशमिक अंक-पद्धति नहीं थी। इस अक्षरांक पद्धति में बड़ी दिक्कतें थीं। लेकिन यूनान के यूक्लिद, आर्किमिदीज़, एपोलोनियस आदि महान गणितज्ञों ने इसी अंक-पद्धति का इस्तेमाल किया है।

यह यूनानी अक्षरांक पद्धति किसी विशेष प्रयोजन के लिए अस्तित्व में नहीं आई थी। यह सभी के लिए थी। यूरोप में सत्रहवीं सदी तक इस यूनानी अक्षरांक पद्धति का प्रचलन रहा है और आधुनिक गणित में भी थोड़ी-बहुत मात्रा में यूनानी अक्षरों का अंकों के रूप में इस्तेमाल होता है। यूरोप में नई भारतीय अंक-पद्धति का प्रवेश होने पर भी रोमन और यूनानी अंक-पद्धतियाँ सदियों तक जीवित रहीं।

यहूदी लोगों ने भी अपनी लिपि के अक्षरों के आधार पर एक अक्षरांक पद्धति को जन्म दिया था। यह हिब्रू अक्षरांक पद्धति लगभग यूनानी अक्षरांक पद्धति-जैसी ही थी। इन अक्षरांक पद्धतियों के कारण संख्याओं और अक्षरों (शब्दों) के बीच संबंध स्थापित हो गया, इसलिए इन्होंने 'अंकफल-विद्या' के अंधविश्वास को भी जन्म दिया।

भारत में भी कई अक्षरांक पद्धतियों को जन्म दिया गया था। भारत में पहले से ही अंक-संकेतों का अस्तित्व था। नई अंक-पद्धति का भी आविष्कार हो चुका था। लेकिन पद्यबद्ध ग्रंथों की रचना के लिए अक्षरांक और शब्दांक पद्धतियों की ज़रूरत थी।

जानकारी मिलती है कि पाणिनि (लग. 400 ई. पू.) ने अपनी 'अष्टाध्यायी' में सूत्रों की स्थापना में अ = 1, ई = 2, उ = 3 जैसे अक्षरांकों का इस्तेमाल किया था। आजकल भी कभी-कभी हम अ, आ, इ, ई··· या क, ख, ग, घ··· जैसे अक्षरों का 1, 2, 3, 4··· के क्रम के लिए उपयोग करते हैं, लेकिन सीमित रूप में।

हमने देखा है कि बहुत प्राचीन काल से संख्याओं के लिए शब्दों (शब्दांकों) का इस्तेमाल होता रहा है। सूत्रों और पद्यों की रचना में इन शब्दांकों का इस्तेमाल होता था। लेकिन हम यह भी जानते हैं कि प्राचीन भारत के ग्रंथकार सूत्र या पद्य में शब्दों या अक्षरों की मितव्ययता पर अधिक जोर देते थे। ज्योतिष व गणित के ग्रंथों में संख्याओं का अधिक प्रयोग होता है। शब्दांकों से सूत्र या पद्य बड़े बनते हैं। इसलिए ईसा की पाँचवीं सदी से हमारे देश में कई अक्षरांक पद्धतियाँ अस्तित्व में आईं।

महान गणित-ज्योतिषी **आर्यभट** के 'आर्यभटीय' (499 ई.) ग्रंथ में हमें एक नई अक्षरांक पद्धति के दर्शन होते हैं। कुछ विद्वानों का कहना है कि यूनानी अक्षरांक पद्धति से प्रेरणा ग्रहण करके आर्यभट ने अपनी अक्षरांक पद्धति को जन्म दिया था। परंतु यह मत सही प्रतीत नहीं होता। हमारे देश में आर्यभट के समय में अन्य अक्षरांक पद्धतियों का भी अस्तित्व रहा है। दूसरी बात यह है कि आर्यभट की अक्षरांक पद्धति पुरानी अंक-पद्धति के ढाँचे पर नहीं बल्कि नई स्थानमान अंक-पद्धति के ढाँचे पर आधारित थी। आर्यभट की अक्षरांक पद्धति यूनानी अक्षरांक पद्धति की तरह नहीं थी।

आर्यभटीय ग्रंथ के दो मुख्य भाग हैं—दशगीतिका और आर्याष्टाशत। दूसरे भाग में आर्या छंद के 108 पद्य हैं, इसीलिए यह 'आर्याष्टाशत' नाम। दशगीतिका भाग में गीतिका छंद के 10 पद्य होने चाहिए, किंतु उसमें 13 पद्य हैं। इनमें से पहला पद्य मंगलाचरण है और दूसरे में अक्षरांक पद्धति का नियम दिया गया है। यह नियम है—

वर्गाक्षराणि वर्गेऽवर्गेऽवर्गाक्षराणि कात् ङ्मौ यः।
खद्विनवके स्वरा नव वर्गेऽवर्गे नवांत्यवर्गे वा।।

व्याकरणशास्त्र के पारिभाषिक शब्दों का उपयोग करके आर्यभट ने केवल इसी एक श्लोक में अपनी नई अक्षरांक पद्धति के सारे नियम भर दिए

हैं। आर्यभट की यह नई अक्षरांक पद्धति इस प्रकार है—

	ऌ = 100000000
अ = 1	ए = 10000000000
इ = 100	ऐ = 1000000000000
उ = 10000	ओ = 100000000000000
ऋ = 1000000	औ = 10000000000000000

क् = 1, ख् = 2, ग् = 3, घ् = 4, ङ् = 5,
च् = 6, छ् = 7, ज् = 8, झ् = 9, ञ = 10
ट् = 11, ठ् = 12, ड् = 13, ढ् = 14, ण् = 15,
त् = 16, थ् = 17, द् = 18, ध् = 19, न् = 20,
प् = 21, फ् =22, ब् = 23, भ् = 24, म् = 25,
य् = 30, र् = 40, ल् = 50, व् = 60,
श् = 70, ष् = 80, स् = 90, ह् = 100

इस अक्षरांक पद्धति में ह्रस्व और दीर्घ स्वरों में भेद नहीं किया गया है। जहाँ व्यंजन के साथ स्वर मिला हुआ है वहाँ समझना चाहिए कि व्यंजनांक के साथ स्वरांक का गुणन हुआ है। जैसे : कु = क् + उ = 1 × 1000 = 10000 और ङि = ङ् + इ = 5 × 100 = 500।

जहाँ संयुक्त व्यंजन के साथ स्वर मिला हो वहाँ समझना चाहिए कि वह स्वर उस संयुक्त व्यंजन के प्रत्येक घटक के साथ मिला हुआ है। जैसे : ख्षृ = (ख् + ऋ) + (ष् +ऋ) = (2 × 1000000) + (80 × 1000000) = 82000000 और ङ्म = (ङ् +अ) + (म् + अ) = (5 × 1) + (25 ×1) = 30। 'ङ्म' का यह मान 'य' के बराबर है, इसीलिए उपर्युक्त श्लोक में आर्यभट ने ''ङ्मौ यः'' लिखा है।

अब हम आर्यभटीय से एक उदाहरण लेंगे। आर्यभट ने अपनी नई अक्षरांक पद्धति में एक महायुग में चंद्र के भूभ्रमणों की संख्या दी है 'ङिशिबुण्लृख्षृ'। इन अक्षरांकों को हम अंकों में परिवर्तित करेंगे—

ङि = ङ् + इ =	5 × 100	=	500
शि = श् + इ =	70 × 100	=	7000
बु = ब् + उ =	23 × 10000	=	230000
ण्लृ = ण् + लृ =	15 × 100000000	=	1500000000
ख्षृ = (ख् + ष्) ऋ =	(2 + 80) 1000000	=	82000000
ङिशिबुण्लृख्षृ =			1582237500

आर्यभट की इस अक्षरांक पद्धति के अन्य कुछ उदाहरण हैं—

ख्युधृ = 4320000

जषबिखुछृ	= 7022388
बुफिनच	= 232226

जाहिर है कि मितव्ययता और पद्यबद्ध रचना के लिए ही आर्यभट ने इस अक्षरांक पद्धति का आविष्कार किया था। लेकिन इसके व्यवहार में अनेक दिक्कतें थीं। इन अक्षरांकों से कुछ ऐसे भी शब्द बनते हैं जिनका उच्चारण कर पाना संभव नहीं है। इन्हीं सब कारणों से अन्य ज्योतिषियों ने आर्यभट की इस अक्षरांक पद्धति को नहीं अपनाया।

लेकिन यह अक्षरांक पद्धति आर्यभट की कुशाग्र बुद्धि की परिचायक है। आर्यभट का जन्म 476 ई. में हुआ था और केवल 23 साल की अल्पायु में 499 ई. में उन्होंने अपने 'आर्यभटीय' ग्रंथ की रचना की थी। आर्यभटीय छोटा ग्रंथ है, परंतु इतने में ही उन्होंने उस समय तक ज्ञात गणित और ज्योतिष से संबंधित सारी बातों को लिख दिया है। आर्यभट मानते थे कि पृथ्वी अपने अक्ष पर भ्रमण करती है। उन्होंने वृत्त की परिधि तथा इसके व्यास का सूक्ष्म अनुपात (π) दिया है $\frac{62832}{20000} = 3.1416$। आर्यभट की त्रिकोणमिति से संबंधित विधि का हम आज भी इस्तेमाल करते हैं।

आर्यभट के ग्रंथ के अवलोकन से स्पष्ट होता है कि उनके समय तक नई स्थानमान युक्त दाशमिक अंक-पद्धति की खोज हो चुकी थी। आर्यभट ने एक श्लोक में दशगुणोत्तर संख्या-संज्ञाएँ दी हैं—

एकं दश च शतं च सहस्रायुतनियुते तथा प्रयुतम्।
कोट्यर्बुदं च वृन्दं स्थानात्स्थानं दशगुणं स्यात्॥

आर्यभट की अक्षरांक पद्धति जटिल थी, इसलिए अन्य ज्योतिषियों ने उसे नहीं अपनाया। पद्यबद्ध रचना के लिए अक्षरांक पद्धति की ज़रूरत थी ही, इसलिए अन्य गणित-ज्योतिषियों ने सरल अक्षरांक पद्धतियों को जन्म दिया। इनमें 'कटपयादि' नामक अक्षरांक पद्धति अधिक प्रसिद्ध रही। इस पद्धति में अक्षरों को निम्नांकित मान दिए गए—

क्, ट्, प्, य्	= 1
ख्, ठ्, फ्, र्	= 2
ग्, ड्, ब्, ल्	= 3
घ्, ढ, भ्, व्	= 4
ङ्, ण्, म्, श्	= 5
च्, त्, ष्	= 6
छ्, थ्, स्	= 7
ज्, द्, ह	= 8

झ्, ध्, ल् = 9

ञ्, न् और स्वर = 0

इस अक्षरांक पद्धति के आरंभिक अक्षर 'क-ट-प-य' हैं, इसीलिए इसे 'कटपयादि' पद्धति कहते हैं। इसके व्यंजनों का इस्तेमाल नई स्थानमान अंक-पद्धति के अनुसार होता है। यदि कोई संयुक्त व्यंजन हो तो केवल अंतिम व्यंजन का ही संख्यामान लिया जाएगा। इस अक्षरांक प[illegible]ति में इकाई, दहाई सैकड़ा आदि के क्रम से अक्षरांकों का आरंभ होता है (अंकानां वामतो गतिः)।

यह कटपयादि अक्षरांक पद्धति काफी सरल थी। कुछ अभिलेखों में भी इस पद्धति का इस्तेमाल हुआ है। कुछ उदाहरण हैं—

2 2 4 1 = 1442
(1) रा—घ—वा—य

4 4 6 = 644
(2) भ—व—ति

6 4 3 1 = 1346
(3) त—त्वा—लो—के

2 3 1 5 6 5 1 = 1565132
(4) ख—गो—न्त्या—न्मे—ष—मा—पे

स्पष्ट है कि इस अक्षरांक पद्धति में शब्द सुबोध और मधुर बनते हैं। परंतु सर्वत्र एक-सी कटपयादि पद्धति का व्यवहार नहीं हुआ है। समय-समय पर इसके विभिन्न प्रकारों का इस्तेमाल हुआ है। आर्यभट द्वितीय (दसवीं सदी) ने अपने 'आर्यसिद्धांत' में कटपयादि अक्षरांक पद्धति का प्रयोग किया है।

ऐसी अक्षरांक पद्धतियों का कुछ दुरुपयोग भी हुआ है। कटपयादि पद्धति के अनुसार 'राम' शब्द संख्या 52 का द्योतक होगा और 'रावण' शब्द संख्या 542 का। इसलिए कुछ अंधविश्वासी लोग 52 जैसी 'देवता-सूचक' संख्याओं को 'शुभ' मानने लगे और रावण के नामवाली 542 जैसी संख्याओं को 'अशुभ'! अंकफल-विद्या का गोरखधंधा चल पड़ा।

1	2	3	4

पुरानी हस्तलिपियों के पन्नों के हाशिए पर अक्सर अक्षरांक देखने को मिलते हैं, जो उसी लिपि के होते हैं जिसमें वह हस्तलिपि लिखी होती है। ऐसे अक्षरांकों को '**अक्षरपल्ली**' कहते हैं। ऐसे अक्षरांकों में बड़ी विविधता पाई जाती है।

नई दाशमिक अंक-पद्धति की खोज होने पर भी हमारे देश में शब्दांक और अक्षरांक पद्धतियों का व्यवहार चालू रहा। लेकिन इस बीच नई अंक-पद्धति और उसके साथ ब्राह्मी के अंक-संकेतों का विदेशों में प्रचार-प्रसार होता रहा। आगे हम देखेंगे कि भारतीय अंक-पद्धति का पश्चिमी एशिया और यूरोप के देशों में प्रचार कब और कैसे हुआ।

ब्राह्मी से विकसित नवीन पद्धति के अंक-संकेत

1. *प्रतीहार भोजदेव के लेख से (लग. 870 ई.)*
2. *परमार भोज के 'कूर्मशतक' से (11वीं सदी)*
3. *अजमेर के एक लेख से (लग. 1160 ई.)*
4. *बौद्ध हस्तलिपियों से*

पश्चिमी एशिया में भारतीय अंक-पद्धति का प्रचार-प्रसार

ईसा की आरंभिक सदियों में भारत में नई अंक-पद्धति की खोज हुई। पहली बार 594 ई. के एक गुर्जर दानपत्र में हमें नई पद्धति के अंक-संकेत देखने को मिलते हैं। फिर, ईसा की दसवीं सदी तक भारत में नई-पुरानी अंक पद्धतियों का इस्तेमाल होता रहा। अंत में नई अंक-पद्धति को सर्वत्र अपना लिया गया। इस प्रकार, हम देखते हैं कि अपनी जन्मभूमि में ही पुरानी अंक-पद्धति के स्थान पर नई अंक-पद्धति को पूर्णतः अपनाने में लगभग आठ सदियों का समय लगा।

हमारे देश के गणितज्ञ और ज्योतिषी अपने ग्रंथ गद्य में लिखते और अंक-संकेतों का इस्तेमाल करते तो नई अंक-पद्धति के प्रचार में इतना अधिक समय न लगता। दूसरा कारण यह है कि यह विशाल देश उस समय अनेक राज्यों में बँटा हुआ था। सारे देश पर एक केंद्रीय शासन न होने से भी नई अंक-पद्धति के प्रचार-प्रसार में अधिक समय लगा।

इस बीच भारतीय अंक-पद्धति की ख्याति दूर-दूर के देशों में फैल चुकी थी। दक्षिण-पूर्व एशिया के देशों में भारतीय व्यक्तियों ने अपने उपनिवेश स्थापित कर लिए थे। वहाँ उन्होंने अपने राजवंश भी स्थापित कर लिए थे। उनके साथ भारतीय भाषा (संस्कृत और पालि) और भारतीय लिपि (ब्राह्मी) का भी दक्षिण-पूर्व एशिया के देशों में प्रचार-प्रसार हुआ। ईसा की छठी-सातवीं सदी में भारतीय अंक-पद्धति भी वहाँ पहुँच गई थी।

पहले हम बता चुके हैं कि कंबोडिया से प्राप्त एक लेख में शकाब्द 546 (624 ई.) को शब्दांकों (ऋतु-वारिनिधि-इंद्रिय) में लिखा गया है। दक्षिण-पूर्व एशिया के देशों से कुछ ऐसे भी लेख मिले हैं जिनमें शकाब्द नई अंक-पद्धति में दिए गए हैं। कंबुज देश के संबौर स्थान से नई पद्धति के अंक-संकेतों में भी लेख मिला है। इस स्तंभलेख में शक-संवत् 605 अंक-संकेतों में दिया गया है। बाईं ओर से दाईं ओर क्रमशः 6, 0 और 5 के

संकेतों का इस्तेमाल हुआ है। अंतिम अंक-संकेत 4 भी हो सकता है। अतः स्पष्ट है कि नई अंक-पद्धति में लिखी गई यह संख्या 682 या 683 ई. की है।

605 608 735

दक्षिण-पूर्व एशिया के देशों से प्राप्त अभिलेखों में नई अंक-पद्धति में दी गई शकाब्द-सूचक तीन संख्याएँ

उपर्युक्त लेख की संख्या 604 या 605 में शून्य बिंदु का संकेत है। एक अन्य लेख में वृत्ताकार शून्य भी देखने को मिलता है। भारत में शून्य संकेतवाला जो सबसे पुराना लेख मिला है, वह आठवीं सदी का है। लेकिन इसमें आश्चर्य की कोई बात नहीं है। भारतीय लोगों ने ही दक्षिण-पूर्व एशिया के देशों में ब्राह्मी लिपि और नई अंक-पद्धति का प्रचार-प्रसार किया है। ऐसा लगता है कि नई अंक-पद्धति के प्रचार-प्रसार में भारतीय व्यापारियों का बड़ा हाथ रहा है।

पश्चिम के देशों के साथ भी पुरातन काल से भारत के गहरे व्यापारी संबंध रहे हैं। ईसा की आरंभिक सदियों में रोम के व्यापारी दक्षिण भारत पहुँचते थे। ईसा की पहली-दूसरी सदी में रोम के साथ भारत का व्यापार अपनी उन्नति के शिखर पर था। दक्षिण भारत के अनेक स्थानों से रोमन सिक्के मिले हैं। रोम के साथ यह व्यापार ईसा की चौथी-पाँचवीं सदी तक चालू रहा।

उस समय तक भारत में नई अंक-पद्धति की खोज हो चुकी थी। अतः इस बात की काफी संभावना है कि उसी समय रोमन लोगों को नई भारतीय अंक-पद्धति की जानकारी मिल गई थी। इस नई अंक-पद्धति की ख्याति सिकंदरिया (मिस्र) और भूमध्य-सागर के अन्य तटवर्ती देशों में भी पहुँच गई होगी। लेकिन भूमध्य-सागरीय देशों में नई भारतीय अंक-पद्धति के प्रवेश के बारे में हमें ठोस जानकारी नहीं मिलती।

जिस समय भारत में आर्यभट (जन्म : 476 ई.) हुए, उसी समय रोम में **बोयेथियस** (475-524 ई.) नाम के एक विद्वान हुए। उन्होंने क्षेत्रमिति, अंकगणित और दर्शनशास्त्र पर पुस्तकें लिखी हैं। इन पुस्तकों की जो हस्तलिपियाँ मिलती हैं, वे ईसा की दसवीं सदी की हैं। इनमें से क्षेत्रमिति की हस्तलिपि में कई स्थानों पर नई भारतीय अंक-पद्धति के 1 से 9 तक के अंक-संकेत दिए हुए हैं। बोयेथियस की इस हस्तलिपि में शून्य का संकेत भी देखने को मिलता है।

कुछ पाश्चात्य विद्वानों का मत है कि बोयेथियस की क्षेत्रमिति की हस्तलिपि में पाए जानेवाले ये भारतीय अंक-संकेत बाद में जोड़े गए हैं और 500 ई. के आसपास अभी भारतीय अंक-संकेत भूमध्य-सागरीय देशों में नहीं पहुँचे थे । उनका कहना है कि भारत में पाँचवीं सदी तक नई दाशमिक अंक-पद्धति की खोज नहीं हुई थी ।

हम जानते हैं कि ईसा की पाँचवीं सदी में भारत में नई अंक-पद्धति की खोज हो चुकी थी । मूल भक्षाली हस्तलिपि ईसा की तीसरी-चौथी सदी की थी और उसमें नई दाशमिक अंक-पद्धति के अंक-संकेतों का इस्तेमाल हुआ है । रोम और भूमध्य-सागरीय देशों के साथ भारत के व्यापारी संबंध रहे हैं । असंभव नहीं कि भारतीय व्यापारियों के साथ ईसा की तीसरी-चौथी सदियों में भारतीय अंक-पद्धति भूमध्य-सागरीय देशों में पहुँच गई हो । अतः इस बात की काफ़ी संभावना है कि बोयेथियस की मूल हस्तलिपि में भी नई भारतीय अंक-पद्धति के अंक-संकेत मौजूद रहे हों ।

जो भी हो, इतना निश्चित है कि पश्चिमी एशिया के देशों में, इस्लाम के उत्थान के पहले ही, भारतीय अंक-पद्धति की ख्याति पहुँच चुकी थी । इस्लामी साम्राज्य की स्थापना के पहले पश्चिमी एशिया के सीरिया आदि देशों में ईसाइयों के कई विद्याकेंद्र थे । फरात नदी के तट पर केन्नेशर ऐसा ही एक विद्याकेंद्र था । इन विद्याकेंद्रों में यूनानी ग्रंथों का अध्ययन होता था और यूनानी से सीरियाई भाषा में उनके अनुवाद होते थे । अरबों के उत्थान के पहले पश्चिम एशिया में सीरियाई भाषा को एक सुसंस्कृत भाषा माना जाता था ।

ईसा की सातवीं सदी में केन्नेशर के विद्याकेंद्र में **सेवेरस सेबोख्त** नाम के एक सीरियाई विद्वान हुए । वे गणितशास्त्र के भी विद्वान थे । उनके समय के अन्य कुछ विद्वान यूनानी विद्या को अधिक महत्त्व देते होंगे और सीरियाई पांडित्य को कम आँकते होंगे, इसलिए सेबोख्त बड़े दुखी थे । 662 ई. में लिखी गई अपनी एक कृति में सेबोख्त कहते हैं कि सीरियाई लोग उन खल्दियों के वंशज हैं जिन्होंने यूनानियों को ज्ञान-विज्ञान के पाठ पढ़ाए थे । इसी संदर्भ में सेबोख्त कहते हैं :

"मैं भारतीयों के सभी शास्त्रों का विवेचन नहीं करूँगा··· । मैं उनकी ज्योतिष से संबंधित उन अद्भुत गवेषणाओं की भी चर्चा नहीं करूँगा, जो यूनानियों और बेबीलोन वालों से श्रेष्ठ हैं । भारतीयों की अंक-पद्धति अत्यंत महत्त्व की और वर्णनातीत है । मैं सिर्फ यही कहना चाहता हूँ कि यह गणना नौ चिह्नों से होती है ।"

हमारे यहाँ भी शून्य को अंक-संकेत मानने की परंपरा नहीं रही है । अतः सेबोख्त जब नौ अंक-संकेतों का उल्लेख करते हैं, और यह कहते हैं कि

इन्हीं से गणनाएँ होती हैं, तो उसका स्पष्ट अर्थ है—नई दाशमिक स्थानमान अंक-पद्धति। सेबोख्त ने इसी अंक-पद्धति को अद्भुत और वर्णनातीत कहा है।

सेवेरस सेबोख्त का यह उल्लेख 662 ई. का है। अब प्रश्न यह है कि, सेबोख्त को भारतीय अंक-पद्धति की जानकारी कहाँ से मिली होगी?

खलीफ़ा अल-मंसूर के शासनकाल (754-75 ई.) में बगदाद में इस्लामी साम्राज्य की राजधानी स्थापित हो गई थी (762 ई.)। जानकारी मिलती है कि 771 ई. में सिंध की एक दूत-मंडली के साथ कुछ भारतीय विद्वान और भारतीय ग्रंथ बगदाद पहुँचे थे। तदनंतर ही भारतीय ग्रंथों के अरबी अनुवादों का सिलसिला शुरू हुआ। अतः स्पष्ट है कि सेवेरस सेबोख्त (662 ई.) को भारतीय अंक-पद्धति के बारे में जानकारी अरबों से नहीं मिली थी।

अरबों के उत्थान के पहले पड़ोसी देश ईरान के साथ भारत के गहरे संबंध थे। ईरान के ससानी सम्राट् नौशेरवाँ खुसरो प्रथम (531-79 ई.) ने कई भारतीय चिकित्सकों को आमंत्रित किया था। जुंदीशापुर प्रसिद्ध विद्याकेंद्र था। पश्चिमी एशिया के बैजांतिन साम्राज्य से भागे हुए ईसाई (नस्तोरी) विद्वानों ने जुंदीशापुर के विद्याकेंद्र में आश्रय पाया था। इसी समय सीरिया के ईसाई विद्वानों को भारतीय अंक-पद्धति के बारे में जानकारी मिली होगी।

ईरानी सम्राट खुसरो के शासनकाल में **पंचतंत्र** का पहलवी भाषा में अनुवाद हुआ था—560 ई. के आसपास। इसके कुछ ही साल बाद, 570 ई. के आसपास, पहलवी से सीरियाई भाषा में पंचतंत्र का अनुवाद हुआ। पंचतंत्र का अरबी भाषा में पहला अनुवाद आठवीं सदी में हुआ, पहलवी भाषा से।

अतः स्पष्ट है कि अरबों के उत्थान के पहले ही सीरियाई विद्वान भारतीय विद्या के संपर्क में आ चुके थे। सीरियाई विद्वान सेवेरस सेबोख्त को नई भारतीय अंक-पद्धति की जानकारी अवश्य ही जुंदीशापुर जैसे ईरानी विद्याकेंद्रों से मिली होगी। इस बात की भी अधिक संभावना है कि अरबों को भारतीय अंक-पद्धति की जानकारी सबसे पहले ईरानी या सीरियाई विद्वानों से ही मिली हो। जो भी हो, इतना निश्चित है कि नई भारतीय अंक-पद्धति की कीर्ति ईसा की सातवीं सदी के आरंभ में पश्चिमी एशिया के देशों में पहुँच चुकी थी।

अरब देशों में भारतीय अंक-पद्धति

इस्लाम की स्थापना के बाद बड़ी तेज़ी से अरबों के साम्राज्य का विस्तार हुआ। मुहम्मद पैगंबर की मृत्यु (632 ई.) के बाद, सौ साल के भीतर ही, पश्चिम में स्पेन से लेकर पूर्व में सिंध तक अरब साम्राज्य फैल गया था। मुहम्मद के उत्तराधिकारियों (ख़लीफाओं) ने 640 ई. तक सीरिया और मिस्र पर अधिकार कर लिया। 642 ई. तक ईरान उनके अधिकार में चला गया और 650 ई. तक अरब साम्राज्य की सीमा हिंदूकुश पर्वत और मध्य-एशिया की वक्षु नदी तक पहुँच गई। खलीफा उमर के शासनकाल (634-44 ई.) में अरबों ने थाना, भड़ौच और देबल बंदरगाहों पर हमले किए थे। अंत में आठवीं सदी के प्रथम चरण में अरबों ने सिंध पर अधिकार कर लिया।

पश्चिम की तरफ़ 640 ई. और 709 ई. के बीच उन्होंने उत्तरी अफ्रीका पर अधिकार कर लिया था। आगे 713 ई. तक उन्होंने स्पेन पर भी अधिकार कर लिया। इस प्रकार हम देखते हैं कि इस्लाम की स्थापना के बाद सौ साल के भीतर ही अरबों का साम्राज्य स्पेन से लेकर सिंध तक फैल गया।

यह सर्वविदित है कि अरबों ने भारत, ईरान और यूनान के ज्ञान-विज्ञान की नींव पर अपने ज्ञान-विज्ञान की इमारत खड़ी की है। हम बता चुके हैं कि नस्तोरी ईसाइयों ने ईरान के विद्याकेंद्रों में शरण ली थी। इन्होंने यूनानी ग्रंथों का सीरियाई भाषा में अनुवाद किया था। इसलिए अरबों को यूनानी व भारतीय विद्या की आरंभिक जानकारी जुंदीशापुर जैसे विद्याकेंद्रों में ही मिली होगी। पहले-पहल सीरियाई भाषा से ही अरबी में अनुवाद हुए। फिर दमिश्क में अरबों का विद्याकेंद्र स्थापित हुआ। अंत में खलीफ़ा अल-मंसूर के शासनकाल (754-74 ई.) में 762 ई. में बगदाद में राजधानी स्थापित हुई। उस समय सिंध पर अरबों का अधिकार था। अतः लगभग उसी समय से भारत (सिंध) के साथ अरबों के सीधे संबंध स्थापित हो गए।

चूँकि, खलीफा अल-मंसूर के समय सिंध अरबों के अधिकार में था, इसलिए वहाँ से दूत-मंडलियाँ बगदाद पहुँचती रहती थीं। इन दूत-मंडलियों में पंडित भी होते थे, जो अपने साथ भारतीय ग्रंथ ले जाया करते थे। अल्बेरूनी हमें जानकारी देते हैं कि 771 ई. में सिंध से एक दूत-मंडली बगदाद गई थी। इस दूत-मंडली में कुछ विद्वान थे जो अपने साथ ज्योतिष के दो ग्रंथ ले गए थे। भारतीय पंडितों की मदद से इन ज्योतिष-ग्रंथों का अरबी में अनुवाद हुआ। अरबी अनुवादक थे—अलफजारी और याकूब इब्न-तारिक। अरबी में ये ग्रंथ **सिंदहिंद** और **अरकंद** के नाम से मशहूर

रहे हैं। अधिकांश विद्वानों का मत है कि ये मूलतः ब्रह्मगुप्त के ग्रंथ थे—**ब्राह्म-स्फुट-सिद्धांत** (सिंदहिंद) और **खंड-खाद्य** (अरकंद)।

इस प्रकार, पहली बार अरबों को भारतीय ज्योतिष के बारे में जानकारी मिली। ब्रह्मगुप्त के इन ग्रंथों के माध्यम से अरबों को नई भारतीय अंक-पद्धति की भी जानकारी मिली होगी। लेकिन इस बात की अधिक संभावना है कि अरबों को दाशमिक स्थानमान अंक-पद्धति की जानकारी इसके पहले ही ईरान या सीरियाई विद्वानों से मिल चुकी थी। बगदाद में ब्रह्मगुप्त के ज्योतिष-ग्रंथों का अरबी में अनुवाद होने के सौ से भी अधिक साल पहले सीरियाई विद्वान सेवेरस सेबोख्त भारत की दाशमिक अंक-पद्धति की स्तुति कर चुके थे।

खलीफा हारुन अल-रशीद के शासनकाल (786-809 ई.) में भारतीय ज्ञान-विज्ञान के साथ बगदाद के संबंध और अधिक बढ़े। उस समय बरमक परिवार के व्यक्ति खलीफा के मंत्री थे। ये बरमक मूलतः नव-विहार (बल्ख़, मध्य एशिया) से संबंधित थे और बौद्ध थे। इस्लाम में दीक्षित हो जाने पर भी भारतीय विद्या के प्रति इनका गहरा लगाव था। इन्होंने अनेक भारतीय पंडितों को बगदाद में आमंत्रित किया और चिकित्सा-विज्ञान के अनेक भारतीय ग्रंथों का अरबी में अनुवाद कराया। जानकारी मिलती है कि इसी समय चरक-संहिता, सुश्रुत-संहिता और अष्टांग-संग्रह (वाग्भट) जैसे चिकित्सा-ग्रंथों का अरबी में अनुवाद हुआ।

इस प्रकार, अरबों ने अपने विज्ञान की नींव डाली। बाद में उन्होंने अनेक यूनानी ग्रंथों का अरबी में अनुवाद किया। परंतु सभी विद्वान स्वीकार करते हैं कि अरबों को तालेमी (लग. 150 ई.) के ज्योतिष की जानकारी मिलने के पहले ही ब्रह्मगुप्त के ग्रंथों के माध्यम से भारतीय ज्योतिष की जानकारी मिल चुकी थी। परंतु अरब विद्वानों को सबसे अधिक प्रभावित किया भारतीय गणित ने, विशेषतः भारत की नई अंक-पद्धति ने। अरबी विद्वानों ने हिंद के 'इल्म अल्-अदद' (अंक-विद्या) की भूरि-भूरि स्तुति की है।

इस्लाम के उदय के कुछ सदियों पहले से अरबी भाषा और लिपि के अभिलेख मिलते हैं। अरबी लिपि पश्चिमी एशिया की आरमेई (आरमी) लिपि के आधार पर बनी है और दाईं ओर से बाईं ओर को लिखी जाती है। कुरान की भाषा होने से इस्लाम के उत्थान के साथ-साथ अरबी भाषा और लिपि का भी विस्तार हुआ।

आरंभ में अरबी के अपने कोई संतोषजनक अंक-संकेत नहीं थे। इस्लाम के उत्थान के समय पश्चिमी एशिया के बैज़ंतिन साम्राज्य में यूनानी भाषा और लिपि का बड़ा सम्मान था। लेकिन खलीफ़ा की आज्ञा से 700 ई.

के पहले ही अरबी को राजकाज की भाषा बना दिया गया था। यूनानी अक्षरांकों का व्यवहार जारी रहा।

इसी समय अरबों को भारतीय अंकों के बारे में जानकारी मिली। बहुत संभव है कि ये भारतीय अंक पश्चिमी एशिया के सीरिया आदि देशों में पहले ही पहुँच गए थे। अरबों को इनकी जानकारी नस्तोरी ईसाइयों या सीरियाई विद्वानों से मिली होगी। जो भी हो, पश्चिमी एशिया में और सुदूर स्पेन में ये भारतीय अंक-संकेत **गुबार** (हरूफ़ अल्-गुबार)अंकों के नाम से जाने जाते थे। गुबार का अर्थ होता है—धूल। भारत में पाटी पर धूल बिछाकर उँगली से अंक-संकेत लिखने की परंपरा रही है। इसीलिए पाटीगणित या अंक-गणित को 'धूलि कर्म' भी कहा गया है। यह 'धूलि' शब्द ही अरबी में 'गुबार' बना है।

ईसा की आठवीं सदी में अरबी विद्वान गुबार अंकों से भली-भाँति परिचित हो चुके थे। ये गुबार अंक वे भारतीय अंक-संकेत थे जो ब्राह्मी के अंक-संकेतों से विकसित हुए थे और पश्चिमी एशिया के देशों में पहुँचे थे। इस्लाम के उत्थान व विस्तार के साथ ये अंक-संकेत सारे इस्लामी साम्राज्य में फैल गए। गणितज्ञों ने इन अंक-संकेतों को और नई अंक-पद्धति को अपनाया।

दसवीं सदी की एक अरबी पुस्तक में गुबार (भारतीय) अंक

खलीफा अल-मामून के शासनकाल (813-33 ई.) में बगदाद में महान गणितज्ञ **मुहम्मद इब्न मूसा अल-ख्वारेज़्मी** का निवास था। वे मध्य एशिया के ख्वारेज़्म (आधुनिक खीवा, उजबेकिस्तान) नगर में पैदा हुए थे, इसीलिए 'अल-ख्वारेज़्मी' के नाम से प्रसिद्ध हैं। अल-ख्वारेज़्मी (नौवीं सदी, पूर्वार्ध) ने ज्योतिष-शास्त्र पर भी ग्रंथ लिखे हैं, किंतु उनके गणित के ग्रंथ अधिक प्रसिद्ध हुए। उन्होंने अपने अंक-गणित के ग्रंथ में गुबार (भारतीय)अंकों तथा नई अंक-पद्धति का इस्तेमाल किया है। अल-ख्वारेज़्मी के इस अरबी ग्रंथ का 1126 ई. के आसपास लैटिन भाषा में अनुवाद हुआ था। लैटिन में इस पुस्तक का नाम है—**लिबेर अलगोरिज़्मी दे न्यूमेरी इंदोरम** (हिंद के अंकों के बारे में अल-ख्वारेज़्मी की पुस्तक)। जाहिर है कि भारतीय अंक-पद्धति और अंक-संकेतों की जानकारी देने के लिए ही अल-ख्वारेज़्मी ने यह पुस्तक लिखी थी। यह नई दाशमिक स्थानमान अंक-पद्धति थी। अल-ख्वारेज़्मी ने जिन भारतीय अंकों की जानकारी दी है,

उनमें शून्य के लिए संकेत था। अल-ख्वारेज़्मी ने इन भारतीय अंकों को 'गुबार अंक' कहा है।

अल-ख्वारेज़्मी की इस पुस्तक के माध्यम से यूरोप के गणितज्ञों को न केवल भारतीय अंक-पद्धति तथा अंक-गणित की जानकारी मिली, बल्कि यूरोप के गणितशास्त्र को एक नया शब्द—अलगोरिज़्म—भी मिला। बीजगणितीय विधि से संबंधित यह विशेष शब्द 'अल-ख्वारेज़्मी' शब्द से बना है।

अल-ख्वारेज़्मी की एक अन्य पुस्तक ने यूरोप के गणितशास्त्र को एक और महत्त्व का शब्द दिया। यह शब्द है —**अलज़ेब्रा** (बीजगणित)। अल-ख्वारेज़्मी की बीजगणित की पुस्तक का अरबी नाम था—**इल्म अल-जब्र व अल-मुकाबिलः**। बारहवीं सदी के पूर्वार्ध में अल-ख्वारेज़्मी की इस पुस्तक का लैटिन में अनुवाद हुआ, तो अलज़ेब्रा शब्द बीजगणित के अर्थ में यूरोप की भाषाओं में रूढ़ हो गया। दरअसल, अरबी भाषा में 'ज़ब्र' और 'मुक़ाबिल' के क्रमशः अर्थ हैं—'पुनर्स्थापना, और 'समान बनाना'। एक उदाहरण लीजिए—

समीकरण है : $4\,\text{क्ष}^2 - 6\,\text{क्ष} + 2 = 3\,\text{क्ष}^2 + 7$

'ज़ब्र' करने पर $4\,\text{क्ष}^2 + 2 = 3\,\text{क्ष}^2 + 6\,\text{क्ष} + 7$

और 'मुक़ाबिल' के बाद $\text{क्ष}^2 = 6\,\text{क्ष} + 5$

इस प्रकार, यूरोप के गणितशास्त्र को एक नया शब्द मिला—अलज़ेब्रा। यूरोप की भाषाओं में ज्योतिष, रसायन तथा गणित से संबंधित दर्जनों अरबी शब्द अपनाए गए हैं। अंग्रेजी का 'ज़ीरो' (शून्य) शब्द अरबी के 'सिफ़र' शब्द से बना है। अरबी में शून्य, रिक्त स्थान या बिंदी के अर्थ में 'सिफ़र' शब्द का प्रयोग होता था। इसी शब्द से यूरोप की भाषाओं के शून्य अर्थवाले 'झेफिरम', 'झिफ्रा', 'झेपिरो', 'साइफर', 'ज़ीरो' आदि शब्द बने हैं।

उपर्युक्त विवेचन से स्पष्ट होता है कि गणित की कई विधियों, शब्दों एवं आधुनिक अंक-पद्धति के लिए यूरोप अरबों का ऋणी है। यही कारण है कि भारतीय उत्पत्ति के आधुनिक अंक-संकेतों को यूरोप के लोग अक्सर 'अरबी अंक' कहते हैं।

١ ٢ ٣ ٤ ٥ ٦ ٧ ٨ ٩ ٠

अरबी अंक-संकेत। यहाँ शून्य के लिए एक बिंदी है।

वस्तुतः 'अरबी अंक' दूसरे ही हैं। हमने देखा है कि भारतीय उत्पत्ति के गुबार अंक ईसा की आठवीं सदी में इस्लामी साम्राज्य में फैल चुके थे और

अरबी गणितज्ञों ने इन्हें अपना लिया था। परंतु इस बीच अरबी में नए अंक-संकेत अस्तित्व में आए। अंत में नए अरबी अंक-संकेतों की विजय हुई, क्योंकि अरबी लिपि के साथ इन्हें लिखने में सुविधा थी। लेकिन इस बीच पुराने गुबार अंक स्पेन में पहुँच चुके थे।

भारतीय अंक-पद्धति संसार की अन्य किसी भी अंक-पद्धति से श्रेष्ठ थी और इससे गणित की क्रियाओं में आसानी होती थी, इसलिए अरबों ने इसे अपनाया और इसकी स्तुति की। इब्न वहशिया (855 ई.) को तीन प्रकार के भारतीय अंक-संकेतों की जानकारी थी। अरब निबंधकार जाहिज़ (नौवीं सदी) ने भारतीय अंकों को 'हिंद के स्वरूप' कहा है। वह जानना चाहता था कि किस व्यक्ति ने इनका आविष्कार किया है। अधिकांश अरबी विद्वानों ने इन अंक-संकेतों को **हिंदिसा** (हिंद के अंक) कहा है।

प्रख्यात भारतविद **अल्बेरूनी** (973-1048 ई.) ने भी हिन्द के अंकों के बारे में जानकारी दी है। अपने भारत सम्बन्धी ग्रन्थ (किताब अल-हिन्द) में वे लिखते हैं—"जिस प्रकार हम अंकों के लिए अरबी अक्षरों का इस्तेमाल करते हैं, उस प्रकार हिन्द के लोग अपनी वर्णमाला का अंकों के लिए इस्तेमाल नहीं करते। भारत के विभिन्न भागों में जिस प्रकार वर्णमाला के अक्षरों भिन्न-भिन्न हैं, उसी प्रकार उनके अंक-संकेतों के आकार भी भिन्न-भिन्न हैं। हम जिन अंक-संकेतों का इस्तेमाल करते हैं, वे हिन्द के सर्वोत्तम अंक-संकेतों से व्युत्पन्न हैं।"

अल्बेरूनी जानकारी देते हैं कि उन्होंने भारतीय अंक-पद्धति के बारे में एक पुस्तक भी लिखी है। अपने भारत सम्बन्धी ग्रन्थ में उन्होंने भारतीय शब्दांकों की भी सूची दी है।

इस बात की कुछ सम्भावना अवश्य है कि इस्लाम के उत्थान के पहले ही भारतीय अंकों की ख्याति दक्षिणी यूरोप के देशों में पहुँच चुकी थी। किंतु भारतीय अंक-संकेतों एवं अंक-पद्धति का यूरोप में प्रचार-प्रसार किया अरबों ने। अतः आगे हम देखेंगे कि भारतीय अंक-संकेत और अंक-पद्धति यूरोप में कब और कैसे पहुँचीं।

यूरोप में भारतीय अंक-पद्धति का प्रचार-प्रसार

ईसा की पहली-दूसरी सदी में रोमन व्यापारी भारत में पहुँचते थे। दक्षिण भारत के अनेक स्थलों से उस समय के रोमन सिक्के मिले हैं। उस समय यदि नई अंक-पद्धति की खोज हो चुकी थी, तो रोमन व्यापारियों को अवश्य ही उसकी जानकारी मिली होगी। भारतीय अंक-पद्धति की ख्याति सिकंदरिया और रोम तक भी पहुँची होगी।

कुछ विद्वानों का कहना है कि ईसा की दूसरी सदी में भारतीय अंक-संकेत सिकंदरिया पहुँच गए थे। लेकिन ये पुरानी अंक-पद्धति के अंक-संकेत थे। जब नई अंक-पद्धति का वहाँ प्रवेश हुआ तो 1 से 9 तक के अंक-संकेतों के अलावा शेष संकेतों को छोड़ दिया गया। फिर इन्हीं अंक-संकेतों का पश्चिमी एशिया के देशों में प्रचार-प्रसार हुआ। इन्हें ही वहाँ 'गुबार-अंक' कहते थे।

जो भी हो, यह अधिक संभव जान पड़ता है कि इस्लाम के उत्थान के पहले ही नई भारतीय अंक-पद्धति की ख्याति पश्चिमी एशिया के देशों में पहुँच चुकी थी। अरबों के उत्थान के पहले इन देशों पर पूर्वी रोमन (बैज़ंतिन) साम्राज्य का शासन था। परंतु मुहम्मद पैगंबर की मृत्यु (632) के कुछ साल बाद ही बैज़ंतिन साम्राज्य के एशियाई देशों पर अरबों का अधिकार हो गया था। अमीर म्वाविया (661-80 ई.) सीरिया का गवर्नर बना और दमिश्क इस्लामी शासन की राजधानी। पैगंबर के उत्तराधिकारी (खलीफा)अरबों की पुरानी कबीलाई व्यवस्था को टिकाये रखकर शासन करना चाहते थे, जो संभव नहीं था। म्वाविया ने बैज़ंतिन साम्राज्य की शासन-व्यवस्था को अपनाया। उसका मुख्य सचिव एक सीरियाई व्यक्ति था।

हम बता चुके हैं कि पूर्वी रोमन साम्राज्य के दिनों में अनेक सीरियाई विद्वान ईसाई धर्म में दीक्षित हो चुके थे। उस समय सीरियाई काफ़ी समृद्ध था। सीरियाई भाषा में अनेक यूनानी तथा ईरानी ग्रंथों के अनुवाद हो चुके

थे। पहले-पहल सीरियाई विद्वानों से ही अरबों को भारतीय अंक-पद्धति की जानकारी मिली होगी।

हमने देखा है कि सीरियाई विद्वान **सेवेरस सेबोख्त** 662 ई. में नई भारतीय अंक-पद्धति की स्तुति करते हैं। उस समय सीरिया पर म्वाविया का शासन था। अतः यह स्पष्ट है कि उस समय अरबों को भारतीय अंकों की जानकारी मिल चुकी थी। जल्दी ही अरबों ने इन अंकों को अपना लिया। यही थे भारतीय उत्पत्ति के गुबार-अंक-संकेत।

अब हमें यह देखना है कि भारतीय उत्पत्ति के ये गुबार-अंक पहले स्पेन में और बाद में यूरोप के अन्य देशों में कैसे फैले।

मिस्र और उत्तरी अफ्रीका पर अधिकार प्राप्त करके अरब विजेता 711 ई. में स्पेन पहुँच गए थे। स्पेन पर अधिकार करके वहाँ बसनेवाले ये अरब 'मूर' कहलाते हैं। लगभग उसी समय अरबों ने सिंध पर भी अधिकार कर लिया था।

हम बता चुके हैं कि अमीर म्वाविया ने सीरिया में अपना शासन शुरू कर दिया था। इतना ही नहीं, उसने अपने को खलीफा घोषित करके उमैय्या वंश की नींव भी डाली। अब्बासियों और उमैय्याओं के बीच संघर्ष शुरू हो गया। कहते हैं कि 750 ई. के आसपास अब्बासियों ने उमैय्या वंश के लोगों को मार डाला। उमैय्या वंश का एक व्यक्ति (अब्दुर्रहमान) बचा, तो वह स्पेन भाग गया (755 ई.)। वहाँ कर्तबा (कोर्दोवा) में उसने स्वतंत्र उमैय्या वंश की स्थापना की। बाद में स्पेन का यह कर्तबा नगर ज्ञान-विज्ञान का एक महान केंद्र बना।

पिछले प्रकरण में हमने बताया है कि पश्चिमी एशिया के अरबों ने आरंभ में भारतीय उत्पत्ति के गुबार-अंकों को अपनाया था। अरबी गणितज्ञों ने भी इन्हें अपनाया। परंतु बाद में अरबों ने इन गुबार-अंक-संकेतों को छोड़ दिया। उन्होंने केवल भारतीय अंक-पद्धति को अपनाया और अंक-संकेत अपने बनाए।

लेकिन इस बीच भारतीय उत्पत्ति के गुबार अंक-संकेत स्पेन में पहुँच गए थे। ऐसा लगता है कि स्पेन की विजय में पश्चिमी एशिया के अरबों का बड़ा हाथ था और वहाँ म्वाविया के उमैय्या वंश का बड़ा सम्मान था। इस प्रकार, पश्चिमी एशिया के अरबों के साथ भारतीय उत्पत्ति के गुबार-अंकों का स्पेन में प्रवेश हुआ।

रोमन साम्राज्य के पतन के बाद यूरोप में ज्ञान-विज्ञान की अवनति शुरू हो गई थी। इसीलिए लगभग 500 ई. से 1000 ई. तक के काल को यूरोप के अंधकार का युग माना जाता है।

लेकिन आठवीं सदी के बाद यूरोप के ईसाई लोग जब इस्लाम के संपर्क

में आए तो उन्हें धीरे-धीरे प्राचीन यूनानी विद्या की जानकारी मिलने लगी। उस समय अरब लोग ज्ञान-विज्ञान में सबसे आगे थे। यूनानी व भारतीय ज्ञान-विज्ञान के आधार पर उन्होंने अरबी विज्ञान का भवन खड़ा किया था। अनेक यूनानी ग्रंथ अब अरबी अनुवाद में उपलब्ध थे। ईसा की दसवीं सदी से यूरोप के लोगों को अरबों के माध्यम से यूनानी एवं भारतीय ज्ञान-विज्ञान की जानकारी मिलने लगी।

स्पेन में अरबी ने अनेक विद्याकेंद्र स्थापित किए थे। उन्होंने ग्रंथालय भी स्थापित किए।[1] यूरोप के ईसाई विद्वान ज्ञान की खोज में इन अरबी मदरसों में पहुँचने लगे। अरबों और दक्षिण यूरोप के लोगों के व्यापारिक संबंध भी स्थापित हो गए थे। सिसिली पर अरबों का अधिकार हो गया था और वह द्वीप व्यापार का एक बड़ा केंद्र बन गया था। इस व्यापार ने भारतीय उत्पत्ति के गुबार-अंकों को यूरोप में फैलाने में बड़ी मदद की है।

ईसा की नौवीं व दसवीं सदियों की अरबी विद्वानों की ऐसी कुछ हस्तलिपियाँ मिली हैं जिनमें गुबार-अंकों का इस्तेमाल हुआ है। परंतु यूरोप की जिस प्राचीनतम हस्तलिपि में गुबार-अंक-संकेत देखने को मिलते हैं, वह स्पेन में 976 ई. में लिखी गई थी। इस हस्तलिपि में मिलनेवाले गुबार-अंक-संकेत ये हैं :

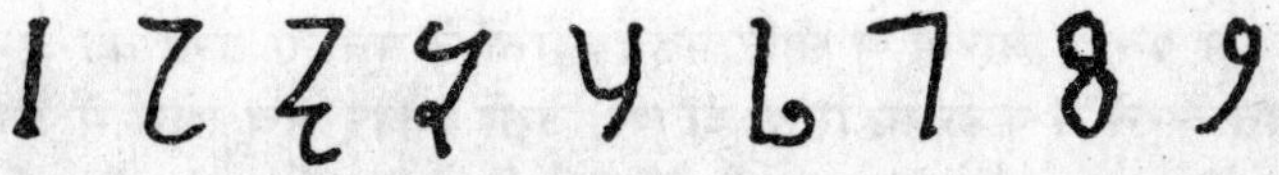

स्पेन में 976 ई. में लिखी गई एक हस्तलिपि में पाए जानेवाले भारतीय उत्पत्ति के गुबार अंक-संकेत

यूरोप के जिस सिक्के पर पहले-पहल हमें भारतीय अंक-संकेत देखने को मिलते हैं, वह 1138 ई. का है। यह सिक्का सिसिली द्वीप में ढाला गया था। पहले हम बता ही चुके हैं कि सिसिली द्वीप व्यापार का एक प्रमुख केंद्र बन गया था और इस पर अरबों का अधिकार था। इस प्रकार, व्यापार ने भी भारतीय अंक-संकेत एवं अंक-पद्धति के प्रचार में सहयोग दिया।

---

1. स्पेन के उमैय्या खलीफा हकम द्वितीय के शासनकाल (961-976 ई.) में कर्तबा के राजकीय ग्रंथालय में 4,00,000 से ऊपर ग्रंथ थे। हकम को ग्रंथ-संग्रह का बड़ा शौक था। दुर्लभ हस्तलिपियों को प्राप्त करने के लिए पूर्व के देशों में उसने अपने दूत भेजे थे। कर्तबा के उसके इस विशाल ग्रंथालय के द्वार विद्वानों, वैज्ञानिकों तथा दार्शनिकों के लिए सदैव खुले रहत थे। हकम के समय में कर्तबा का विश्वविद्यालय तत्कालीन सभ्य संसार का एक प्रमुख विद्याकेंद्र था।

विद्वानों का मत है कि भारतीय उत्पत्ति के गुबार-अंकों का यूरोप में प्रचार करने में **झेरबार** (Gerbert) नामक विद्वान का बड़ा हाथ है। झेरबार का जन्म फ्रांस में 940 ई. और 945 ई. के बीच में हुआ था। बाद में झेरबार पोप (सिल्वेस्तर द्वितीय) बना था। 967 ई. में वह स्पेन गया था और वहाँ चार साल रहा। उसी समय उसे कर्तबा (कोर्दोवा) के विद्याकेंद्र में या बार्सेलोना में भारतीय अंकों के बारे में जानकारी मिली होगी। ये संभवतः वही अंक-संकेत थे जो उपर्युक्त 976 ई० की हस्तलिपि में देखने को मिलते हैं।

झेरबार ने अपने गणित के ग्रंथों में भारतीय उत्पत्ति के इन अंक-संकेतों का इस्तेमाल किया है और इनके बारे में जानकारी दी है। इससे तत्कालीन यूरोप के विद्वानों को भारतीय अंकों के बारे में विशेष जानकारी मिली। झेरबार ने अरबी ज्योतिष-यंत्र ऐस्ट्रोलैब का भी यूरोप में प्रचार किया।

स्पेन के मूरों ने कर्तबा, गरनाता, तलेतला (तोलेदो) आदि स्थानों पर विद्याकेंद्र स्थापित किए थे। यूरोप के विद्वान इन विद्याकेंद्रों में पहुँचने लगे और उन्होंने अरबी ग्रंथों का लैटिन में अनुवाद करना शुरू कर दिया। अनुवाद का यह दौर 1100 ई. के बाद शुरू हुआ। हम जानते हैं कि ईसा की 9वीं सदी में यूनानी ग्रंथ अरबी में अनूदित हुए थे। अब ये अरबी ग्रंथ लैटिन भाषा में अनूदित होने लगे।

जिस प्रकार आरंभ में सीरियाई विद्वानों ने यूनानी ग्रंथों को अरबी में अनूदित करने में बड़ी सहायता दी थी, उसी प्रकार अब स्पेन में अरबी से लैटिन में अनुवाद करने में यहूदी विद्वानों ने बड़ी सहायता पहुँचाई। कई अरबी ग्रंथों के पहले हिब्रू भाषा में अनुवाद हुए, तदनंतर हिब्रू से लैटिन भाषा में। स्पेन के विद्याकेंद्रों के अलावा सिसिली में भी अनुवाद का कार्य शुरू हुआ।

यहाँ हम यूरोप के उन कुछ अनुवादकों की ही चर्चा करेंगे जिन्होंने गणित के अरबी ग्रंथों का लैटिन में अनुवाद किया और जिनके कृतित्व से यूरोप के लोगों को भारतीय अंकों की जानकारी मिली।

हम बता चुके हैं कि नौवीं सदी के महान अरबी गणितज्ञ अल्ख्वारिज़्मी ने अपने ग्रंथ में भारतीय अंक एवं अंक-पद्धति के बारे में जानकारी दी है। ईसा की बारहवीं सदी में इंग्लैंड के बाथ नामक स्थान के निवासी **ऐदेलार्द** ने अल्ख्वारिज़्मी के ज्योतिष-ग्रंथ का अनुवाद किया (1126 ई.)। ऐदेलार्द ने संभवतः अंकगणित के बारे में भी एक पुस्तक लिखी थी। ऐदेलार्द अध्ययन के लिए स्पेन के तलेतला विद्याकेंद्र में पहुँचे थे और उन्होंने पश्चिम एशिया, मिस्र और अरबिया की भी यात्रा की थी। बाथ-निवासी ऐदेलार्द पहले व्यक्ति हैं जिन्होंने यूक्लिड के ज्यामिति के ग्रंथ का अरबी से लैटिन में

अनुवाद किया था। जो भी हो, ऐदेलार्द के प्रयास से भारतीय अंक इंग्लैंड तक पहुँच गए।

ऐदेलार्द के कुछ साल बाद इंग्लैंड के ही चेस्टर स्थान के **रॉबर्ट** गणितशास्त्र का अध्ययन करने स्पेन के तलेतला विद्याकेंद्र पहुँचे। वहाँ उन्होंने अल्ख्वारिज़्मी के बीजगणित का लैटिन भाषा में अनुवाद किया और ज्योतिष की सारणियाँ तैयार कीं (1145 ई.)।

स्पेन के अरबी विद्याकेंद्रों में यहूदी विद्वानों का काफ़ी सम्मान था। ये यूरोप में बसे हुए यहूदी थे और ईसाइयों की अपेक्षा मूर लोग इनका अधिक आदर करते थे। अतः इन यहूदियों ने अरबी ज्ञान को यूरोप में फैलाने में बड़ा सहयोग दिया है। आरंभ में यहूदी विद्वानों के सहयोग से ही अरबी ग्रंथों के लैटिन में अनुवाद हुए। गणित के विकास में भी इन यहूदी विद्वानों ने बड़ा हाथ बटाया है। इनमें **रब्बी बेन एज़रा** का कृतित्व विशेष रूप से उल्लेखनीय है।

रब्बी अब्राहम बेन एज़रा का जन्म स्पेन के तलेतला नगर में 1095 ई. के आसपास हुआ था और मृत्यु 1167 ई. में। वे अपने समय के एक प्रख्यात यहूदी विद्वान थे। उन्होंने इंग्लैंड से लेकर मिस्र तक के देशों की यात्राएँ की थीं। गणित और ज्योतिषशास्त्र पर उन्होंने कई ग्रंथ लिखे। अंकों के बारे में उन्होंने चार पुस्तकें लिखीं। इनमें सिफ़र-ह-मिस्पर (अंकों की पुस्तक) विशेष महत्त्व की है। बेन एज़रा ने इस पुस्तक में भारतीय अंक तथा अंकगणित की विधियों की जानकारी दी है। अपनी पुस्तक में यद्यपि उन्होंने हिब्रू अक्षरांकों का ही इस्तेमाल किया है, परंतु वे भलीभाँति जानते थे कि गुबार अंकों की उत्पत्ति भारत में हुई हैं। बेन एज़रा ने शून्य का इस्तेमाल किया है और स्पष्ट लिखा है कि शून्य पर आधारित यह अंक-पद्धति भारतीयों की देन है।

बारहवीं सदी के और भी कई विद्वानों ने भारतीय अंक-पद्धति के प्रचार-प्रसार में हाथ बटाया है। परंतु भारतीय अंक-पद्धति के प्रचार में सबसे अधिक कार्य किया है **लियोनार्दो 'फिबोनकी'** ने। वे अपने समय के यूरोप के सबसे बड़े गणितज्ञ थे।

ईसा की बारहवीं-तेरहवीं सदी में यूरोप में, विशेषतः इटली में, जेनेवा, वेनिस, पिजान, मिलान, फ्लोरेंस आदि व्यापारी नगरों का उत्थान हुआ था। इन नगरों के व्यापारियों ने अरबों के साथ व्यापारिक संबंध स्थापित किए और पूर्व के देशों के साथ भी व्यापार शुरू कर दिया। प्रसिद्ध व्यापारी एवं पर्यटक **मार्को पोलो** (1254-1324 ई.) वेनिस नगर में ही पैदा हुआ था। इटली के व्यापारियों ने पूर्व के देशों के ज्ञान-विज्ञान का भी अध्ययन किया। ऐसे ही एक व्यापारी-पुत्र थे लियोनार्दो 'फिबोनकी'।

लियोनार्दो का जन्म इटली के पिजान नगर में 1170 ई. में हुआ था। उस समय इटली का यह पिजान नगर वेनिस या जेनेवा की तरह ही अपने व्यापार के लिए प्रसिद्ध था। लियोनार्दो का पिता, बोनकी, उत्तरी अफ्रीका के बुगिया नगर में पिजान के एक व्यापारी प्रतिष्ठान का प्रतिनिधि था। बालक लियोनार्दो की आरंभिक पढ़ाई मूर पंडितों की देखरेख में बुगिया में ही हुई। तरुण लियोनार्दो ने मिस्र, सीरिया, ग्रीस, सिसिली आदि देशों की यात्राएँ कीं। इस प्रकार उन्हें विभिन्न देशों के व्यापारियों के साथ संबंध स्थापित करने का अवसर मिला और उनकी अंक-पद्धतियों के बारे में जानकारी मिली। उन्होंने जाना कि इन सभी अंक-पद्धतियों में अरबों की अंक-पद्धति सबसे उत्तम है। उन्हें यह भी जानकारी मिली कि यह अंक-पद्धति मूलतः भारतीयों की खोज है।

इतालवी गणितज्ञ लियोनार्दो 'फिबोनकी' (लग. 1170-1245 ई.)

'बोनकी के पुत्र' होने से लियोनार्दो 'फिबोनकी' के नाम से जाने जाते हैं। 1202 ई. में लैटिन भाषा में उन्होंने 'लिबेर एबैकी' नामक एक पुस्तक लिखी। इस पुस्तक में उन्होंने अंकगणित और प्राथमिक बीजगणित की जानकारी दी है। पुस्तक में 15 प्रकरण हैं। लियोनार्दो 'फिबोनकी' ने प्रथम प्रकरण में ही नए भारतीय अंकों (नौएम फिगुरे इंदोरम) की जानकारी दी है।

लियोनार्दो 'फिबोनकी' एक गणितज्ञ थे। वे अपने समय के ही नहीं, बल्कि मध्ययुगीन यूरोप के एक महान गणितज्ञ थे। इसलिए उनके ग्रंथ से भारतीय अंकों का यूरोप के नगरों में तेज़ी से प्रचार-प्रसार हुआ। यूरोप के गणितज्ञों ने भारतीय अंक-पद्धति का स्वागत किया। व्यापारियों के बही-खातों में भी भारतीय अंकों का इस्तेमाल होने लगा।

Cotantto montra loscacchiere discacchi ãrado
piando ciascuna chasa

यूरोप की एक हस्तलिपि (लगभग 1400 ई.) में शतरंज के खेल के चित्रांकन में भारतीय अंक-संकेत

लेकिन यूरोप के सभी लोग भारतीय अंकों एवं अंक-पद्धति को अपनाने के लिए तैयार नहीं थे। पुरातन का मोह आसानी से नहीं छोड़ा जा सकता। यूरोप में यूनानी अक्षरांकों का इस्तेमाल होता था। गणनाएँ एबैकस पर होती थीं और बही-खाते रोमन अंकों में लिखे जाते थे। इसलिए जब इटली के व्यापारी अपने बही खाते भारतीय अंकों में लिखने लगे तो आरंभ में उनका विरोध होना एक स्वाभाविक बात थी। 1299 ई. में फ्लोरेंस नगर

की बैंकों के नाम एक आदेश जारी किया गया था कि वे नए भारतीय अंकों का इस्तेमाल न करें। कारण शायद यह बताया गया था कि इन नए अंकों में शून्य (०) को बड़ी आसानी से 6 या 9 में बदला जा सकता है।

सन् 1348 ई. में इटली के पदुआ विश्वविद्यालय के अधिकारियों ने भी यह आदेश जारी किया था कि पुस्तकों की मूल्य-सूची नए अरबी (भारतीय) अंकों में न तैयार की जाए। इस प्रकार, पुराने घसीटे रोमन अंकों का इस्तेमाल जारी रहा। परंतु उपर्युक्त आदेशों से ही जानकारी मिलती है कि चौदहवीं सदी में यूरोप में बड़ी तेज़ी से भारतीय अंकों का प्रचार-प्रसार हो रहा था।

ईसा की दसवीं सदी में दक्षिणी यूरोप के लोगों को भारतीय अंकों की जानकारी मिल गई थी। पश्चिमी एशिया के देशों में अपनाए गए और गुबार-अंकों के नाम से प्रसिद्ध अंक-संकेत ही स्पेन और इटली में पहुँचे थे। हमने यह भी देखा है कि ये गुबार-अंक भारतीय उत्पत्ति के थे। इनका विकास भारत के ब्राह्मी अंक-संकेतों से हुआ था। इनका मूल पश्चिमी महाराष्ट्र के गुफालेखों में पाए जानेवाले ब्राह्मी अंक-संकेतों में आसानी से खोजा जा सकता है।

ईसा की बारहवीं सदी से यूरोप की अनेकानेक हस्तलिपियों में हमें ये भारतीय अंक-संकेत देखने को मिलते हैं। ईसा की पंद्रहवीं सदी में यूरोप में छापाखाने स्थापित हुए, पुस्तकें छपने लगीं। अंक-संकेतों के टाइप बने तो उनके आकारों में स्थिरता आ गई। मुद्रण-प्रणाली के बाद डिजाइन की दृष्टि से ही अंक-संकेतों में थोड़ा परिवर्तन हुआ है। इसी कारण ईसा की पंद्रहवीं सदी में 4 और 5 के कुछ नए रूप अस्तित्व में आए। तब से आज तक इन अंक-संकेतों में नगण्य परिवर्तन हुआ है।

1 2 3 4 5 6 7 8 9 0

10वीं सदी

1197 ई.

1275 ई.

1294 ई.

1303 ई.

1360 ई.

1442 ई.

यूरोप में बारहवीं से पंद्रहवीं सदी तक भारतीय अंक-संकेतों का विकास-क्रम

भारतीय अंक-संकेत जब यूरोप पहुँचे तो उसके बाद ईसा की पंद्रहवीं सदी तक उनके आकार-प्रकार में किस प्रकार का परिवर्तन होता गया, यह निम्न तालिका से जाना जा सकता है :

यूरोप में भारतीय अंक-पद्धति का प्रवेश हो जाने पर भी वहाँ सदियों तक रोमन और यूनानी अंक-पद्धतियाँ जीवित रहीं। रोमन अंक-पद्धति की जानकारी हम पहले दे चुके हैं। रोमन अंकों से जोड़ या घटाने में कोई विशेष

सोलहवीं सदी की एक यूरोपीय हस्तलिपि का चित्र। इसमें दाईं ओर का व्यक्ति एक प्रकार के एबैकस से गणना कर रहा है और बाईं ओर का व्यक्ति भारतीय अंकों से। एबैकस से गणना करनेवाला व्यक्ति कुछ परेशान है; भारतीय अंकों से गणना करनेवाला व्यक्ति प्रसन्न दिखाई दे रहा है।

दिक्कत नहीं होती थी, बल्कि कुछ आसानी ही थी। परंतु गुणन और भाग की क्रियाओं में बड़ी कठिनाई थी। यूनानी अंक-पद्धति एक अक्षरांक पद्धति थी। इसलिए उसमें भी बड़ी कठिनाई थी। गणितज्ञ ही इन कठिनाइयों को समझ सकते थे। इसलिए यूरोप के गणितज्ञों ने ही सबसे पहले भारतीय अंक-पद्धति और उसके साथ-साथ भारतीय अंक-संकेतों को अपनाया।

लेकिन पुरातन का मोह आसानी से नहीं छोड़ा जा सकता। रोमन अंकों के पक्ष में अनेक तरह के तर्क पेश किए गए। इसलिए यूरोप के स्कूलों और बैंकों में 1600 ई. तक रोमन अंकों का इस्तेमाल होता रहा। यूनानी अक्षरांकों का भी व्यवहार होता रहा। उच्च गणित में आज भी यूनानी अक्षरों का अंकों के रूप में इस्तेमाल होता है और थोड़ी मात्रा में आज भी रोमन अंकों का इस्तेमाल होता है।

मध्ययुगीन यूरोप में कागज आसानी से नहीं मिलता था। इसलिए किसी मेज पर रेखाएँ खींचकर और उन पर छोटी-छोटी चकतियाँ रखकर हिसाब किया जाता था। इन्हें 'काउंटर' कहते थे। यूरोप के अनेक देशों में इस प्रकार के काउंटरों का सदियों तक व्यवहार होता रहा। परंतु भारतीय अंक-पद्धति का प्रचार-प्रसार हो जाने के बाद यूरोप के देशों में इन काउंटरों का व्यवहार घटता गया।

हमने देखा है कि भारतीय अंक-पद्धति तथा अंकों को सबसे पहले स्पेन और इटली में अपनाया गया था। तदनंतर ये अंक-संकेत धीरे-धीरे यूरोप के अन्य देशों में फैले। पंद्रहवीं सदी के बाद यूरोप के साम्राज्यवादियों ने अमरीका, अफ्रीका, एशिया और आस्ट्रेलिया में अपने उपनिवेश स्थापित करने शुरू कर दिए। उनके साथ उनकी लिपि भी इन प्रदेशों में पहुँची। लिपि के साथ नए अंक-संकेत भी इन प्रदेशों में पहुँचे। ये नए अंक-संकेत भारतीय उत्पत्ति के थे।

यूरोप के लोगों को ये अंक-संकेत अरबों से मिले हैं, इसलिए वे अक्सर इन्हें 'अरेबिक' अंक कहते हैं। कभी-कभी उदारता से इन्हें 'इंदो-अरेबिक' अंक भी कहा जाता है। परंतु यूरोप के विद्वान भली-भाँति जानते हैं कि ये भारतीय उत्पत्ति के अंक-संकेत हैं और यूरोप के अनेक गणितज्ञों ने भारतीय अंक-पद्धति की भूरि-भूरि स्तुति की है।

आज संसार के प्रायः सभी देशों में भारतीय उत्पत्ति के इन्हीं अंक-संकेतों का इस्तेमाल होता है। अंक-पद्धति तो भारतीय है ही। भारतीय अंक-पद्धति के सर्वश्रेष्ठ होने के कारण ही उसके साथ सर्वत्र भारतीय अंक-संकेतों का स्वागत हुआ है। भारतीय अंक-संकेत अब अंतर्राष्ट्रीय अंक-संकेत बन गए हैं।

उपसंहार

हमने संसार की अनेक पुरानी और नई अंक-पद्धतियों का परिचय प्राप्त किया। हमने यह भी देखा है कि प्रायः सभी पुरानी अंक-पद्धतियाँ मर गई हैं और उनका स्थान भारतीय अंक-पद्धति ने ले लिया है। आज सारे संसार में भारतीय अंक-पद्धति का ही इस्तेमाल होता है। यही संसार को भारत की सबसे बड़ी देन है—विज्ञान के क्षेत्र में।

अंक-पद्धतियों की जानकारी प्राप्त करने के बाद अब उनके विकास-क्रम पर पुनः एक दृष्टि डालना लाभप्रद होगा। अक्षर-संकेतों का अंक-संकेतों के साथ घनिष्ट संबंध रहा है, इसलिए लिपियों के विकास पर भी नज़र डालना उपयोगी होगा।

सरल-से अंक-संकेत और चित्र-संकेत पाषाण युग में ही अस्तित्व में आ चुके थे। आड़ी या खड़ी रेखाएँ उस समय के अंक-संकेत रहे होंगे। जितनी वस्तुएँ, उतनी रेखाएँ। उस समय की लिपि चित्रात्मक रही होगी। जैसी वस्तु, लगभग वैसा ही उसका चित्र। खड़ी या आड़ी रेखाओंवाले संख्यांक चित्रलिपि के पहले ही अस्तित्व में आ गए होंगे—आज से कोई पचास हजार साल पहले।

आज से करीब दस हजार साल पहले नवपाषाण युग का आरंभ हुआ। कृषिकर्म की शुरूआत हुई। मानव को अपने गिरोहों के आदमियों का या अपने पशुधन का हिसाब रखने की आवश्यकता महसूस हुई। अब यदि किसी गाँव या गिरोह में 200 आदमी हैं या किसी आदमी या परिवार के पास 200 पशु हैं, तो 'जितनी वस्तुएँ उतनी रेखाएँ' नियम के अनुसार उनके हिसाब रखने में कठिनाई थी। मानव की भौतिक संपत्ति में वृद्धि हुई, तो उसकी गणना-पद्धति में भी सुधार होना आवश्यक था।

बहुत प्राचीन काल में हाथों की उँगलियों से संख्या की जानकारी दी जाती थी। दोनों हाथों की उँगलियाँ दस हैं, इसलिए दस का आधार अस्तित्व में आया। जैसे, यदि संख्या 46 को व्यक्त करना हो तो दोनों फैले हुए हाथों को चार बार दिखाकर अंत में पाँचवीं बार 6 उँगलियों को दिखाया

ज़ाता था। इसी प्रक्रिया से दस का आधार और अंत में उसके लिए विविध चिह्न अस्तित्व में आए। तब से सिर्फ एक चिह्न से दस रेखाओं का बोध होने लगा। इसी प्रकार, सौ, हजार, दस हजार और लाख के लिए भी स्वतंत्र चिह्न अस्तित्व में आए।

उसी समय चित्रलिपि भाव-संकेतों की अवस्था में पहुँच गई। अब दो पैरों का चिह्न, न केवल 'पैरों' का, बल्कि 'चलने' या 'दौड़ने' का भी द्योतक बन गया। उसी प्रकार, सूर्य का चिह्न, न केवल 'सूर्य' का, बल्कि 'ताप' या 'धूप' का द्योतक हो गया। इस प्रकार बहुत सारे भाव-संकेत अस्तित्व में आए।

आज से करीब छह हजार साल पहले ताम्रयुग का उदय हुआ। उत्पादन बढ़ा। नदी-घाटी सभ्यताओं ने जन्म लिया। मानव-समाज कबीलाई प्रथा से राजप्रथा में पहुँचा। अब मानव को एक विकसित लिपि और अंक-पद्धति की ज़रूरत पड़ी। अभिलेख लिखे ज़ाने लगें। गणितशास्त्र की नींव पड़ी। उस समय की सभी लिपियाँ भावचित्रों और अक्षर-संकेतों का मिश्रण थीं। अभी किसी वर्णमालात्मक लिपि ने जन्म नहीं लिया था। उस समय की लिपियों में सैकड़ों चिह्न थे। उसी प्रकार, उस समय की अंक-पद्धतियों में संख्याओं को लिखने में दहाई, सैकड़ा, हजार आदि के संख्यांकों को दोहराना पड़ता था। उस समय अभी शून्य पर आधारित स्थानमान अंक-पद्धति का आविष्कार नहीं हुआ था।

आज से करीब साढ़े तीन हजार साल पहले लोहे का आविष्कार हुआ। लोहे के औजार बनने लगे। इससे उत्पादन और भी अधिक बढ़ा। अब आदमी को अधिक विकसित लिपि और अंक-पद्धति की जरूरत पड़ी। 1000 ई. पू. के आसपास पश्चिमी एशिया के देशों में पहली बार वर्णमालात्मक लिपियों ने जन्म लिया। वर्णमालात्मक लिपियों में पचास से कम ही अक्षर-संकेत होते हैं। जब वर्णमालात्मक लिपियों ने जन्म लिया तो पुरानी भावचित्रात्मक लिपियाँ मर गईं। भारत की प्राचीन ब्राह्मी लिपि वर्णमालात्मक थी। ईसा पूर्व सातवीं-आठवीं सदी में यह ब्राह्मी लिपि अस्तित्व में आ चुकी थी। परंतु अशोक के अभिलेख (ईसा पूर्व तीसरी सदी) ही सबसे प्राचीन उपलब्ध ब्राह्मी अभिलेख हैं।

पिछले करीब ढाई-तीन हजार साल से संसार के सभी सभ्य देशों में वर्णमालात्मक लिपियों का इस्तेमाल होता है। अपवाद हैं तो चीन और जापान की लिपियाँ। चीन की लिपि अब भी भावचित्रात्मक है। जापानी लिपि भावचित्रों और अक्षर-संकेतों का मिश्रण है।

शून्य पर आधारित दाशमिक स्थानमान अंक-पद्धति का आविष्कार वर्णमालात्मक लिपियों के अस्तित्व में आने के बाद हुआ। मुख्यतः पिछले

डेढ़ हजार वर्षों में ही भारत में आविष्कृत नई स्थानमान अंक-पद्धति का संसार के विभिन्न देशों में प्रचार-प्रसार हुआ है।

नई भारतीय अंक-पद्धति का आविष्कार ईसा की आरंभिक सदियों में हुआ। ईसा की छठी सदी से इसका अभिलेखों में इस्तेमाल होने लगा। ईसा की दसवीं सदी तक भारत में एकसाथ नई-पुरानी अंक-पद्धतियों का व्यवहार होता रहा। उसके बाद भी भारत के गणितज्ञों ने नई अंक-पद्धति की शक्ति का विशेष लाभ नहीं उठाया। नई अंक-पद्धति का विशेष लाभ उठाया यूरोप के गणितज्ञों ने।

हमने देखा है कि करीब एक हजार साल पहले भारतीय अंक-पद्धति और भारतीय अंक-संकेत यूरोप में पहुँच गए थे। ईसा की बारहवीं सदी के बाद वहाँ के गणितज्ञों ने भारतीय अंक-पद्धति को और भारतीय गणित की विधियों को अपनाना शुरू कर दिया। पंद्रहवीं सदी में यूरोप में मुद्रण के आरंभ होने के बाद प्रायः सर्वत्र भारतीय अंकों और अंक-पद्धति को अपना लिया गया। तब से यूरोप में गणित का चतुर्दिक विकास हुआ। यूरोप के गणितज्ञ स्वीकार करते हैं कि आधुनिक गणित के विकास में भारतीय अंक-पद्धति का सबसे बड़ा हाथ है।

इस प्रकार, हम देखते हैं कि नई भारतीय अंक-पद्धति ने अपनी शक्ति का परिचय पिछले करीब पाँच सौ साल में ही दिया है। यह बड़े आश्चर्य की बात है कि यह अंक-पद्धति भारत में खोजी जाने पर भी सर्वप्रथम इसका सही लाभ यूरोप के गणितज्ञों ने उठाया।

भारतीय अंतर्राष्ट्रीय अंक

नई अंक-पद्धति में शून्य के संकेत के अलावा नौ अंकों या संख्यांकों की जरूरत पड़ती है। अतः अब किसी भी संख्या को केवल दस अंक-संकेतों से लिखा जा सकता है। नई दाशमिक स्थानमान अंक-पद्धति का आविष्कार होने के पहले दस से कहीं अधिक संख्यांकों की जरूरत पड़ती थी। परंतु जब नई अंक-पद्धति का आविष्कार हुआ, तो 1 से 9 तक की संख्यांओं के जो पुराने अंक-संकेत थे, उन्हें यथावत् रहने दिया गया। बाकी संख्यांक छोड़ दिए गए। इसलिए बाद में केवल 1 से 9 तक के संख्यांकों का ही विकास हुआ।

मूल अंक-संकेत ब्राह्मी के थे, यह हमने देखा है। ब्राह्मी के अक्षरों के साथ-साथ इसके अंकों का भी विकास होता गया। ब्राह्मी लिपि मूलतः संस्कृत या प्राकृत भाषा को लिपिबद्ध करने के लिए अस्तित्व में आई थी। लेकिन बाद में इस लिपि को अन्य भाषा-परिवारों की भाषाओं के लिए भी अपनाया गया। दक्षिण भारत की द्रविड़ परिवार की तमिल, तेलुगु, कन्नड़

और मलयालम भाषाओं के लिए भी ब्राह्मी लिपि को अपनाया गया। आज जिन लिपियों में ये भाषाएँ लिखी जाती हैं, वे ब्राह्मी से विकसित हुई हैं। दरअसल, उर्दू भाषा की अरबी-फारसी लिपि के अलावा वर्तमान भारत की सभी लिपियाँ ब्राह्मी लिपि से विकसित हुई हैं।

ब्राह्मी लिपि का विदेशों में भी प्रचार-प्रसार हुआ। वर्तमान सिंहल लिपि ब्राह्मी लिपि से बनी है। तिब्बती लिपि छठी सदी की कुटिल लिपि (ब्राह्मी का विकसित रूप) से बनी थी। बर्मा, थाईलैंड और दक्षिण-पूर्व एशिया के अन्य अनेक देशों की वर्तमान लिपियाँ ब्राह्मी लिपि से विकसित हुई हैं।

ब्राह्मी लिपि जहाँ भी गई, वहाँ उसके अंक-संकेत भी पहुँचे। तिब्बती के अंक-संकेत मूलतः ब्राह्मी के अंक-संकेत हैं। श्रीलंका, बर्मा आदि देशों में प्रयुक्त अंक-संकेत मूलत : ब्राह्मी अंक-संकेत हैं: सभी भारतीय लिपियों के अंक-संकेत ब्राह्मी के अंक-संकेतों से विकसित हुए हैं। इसलिए किसी एक आधुनिक लिपि के साथ प्रयुक्त अंक-संकेतों को श्रेष्ठ मानने में कोई औचित्य नहीं है।

हमने देखा है कि भारतीय अंक-पद्धति के साथ भारतीय अंक-संकेत भी पश्चिमी एशिया के देशों में पहुँच गए थे। भारतीय उत्पत्ति के ब्राह्मी अंक-संकेतों को वहाँ गुबार अंकों का नाम दिया गया। ईसा की नौवीं-दसवीं सदी में ये गुबार-अंक-संकेत यूरोप के स्पेन, इटली आदि देशों में पहुँचे। आगे की चार-पाँच सदियों में यूरोप के देशों में इन अंक-संकेतों का प्रचार-प्रसार और कुछ विकास हुआ। 15वीं सदी में मुद्रण की शुरुआत के बाद इन अंक-संकेतों के स्वरूपों में स्थायित्व आ गया। अब ये अंक-संकेत हैं : 0, 1, 2, 3, 4, 5, 6, 7, 8, 9।

यूरोप के सभी देशों में इन्ही अंक-संकेतों का इस्तेमाल होता है। यूरोप के साम्राज्यवादी देशों ने अमरीका, अफ्रीका, एशिया तथा आस्ट्रेलिया में अपने उपनिवेश स्थापित किए तो ये अंक-संकेत भी उन देशों में पहुँचे। अंग्रेजों के साथ ये अंक-संकेत भारत में पहुँचे।

इन अंक-संकेतों को अंग्रेजी भाषा की लिपि के साथ प्रयुक्त होते देखा तो आरंभ में भारतवासियों ने समझा कि ये 'अंग्रेजी अंक-संकेत' हैं। परंतु आज हम जानते हैं कि 'अंग्रेजी लिपि' या 'अंग्रेजी अंक' जैसी कोई चीज़ नहीं है। अंग्रेजी भाषा जिस लिपि में लिखी जाती है, वह रोमन (लैटिन) लिपि है। और इस लिपि के साथ जिन अंक-संकेतों (1, 2, 3, आदि) का इस्तेमाल होता है, वे मूलतः भारतीय उत्पत्ति के अंक-संकेत हैं। यूरोप के लोग भ्रमवश इन्हें 'अरबी अंक' कहते हैं। वे कभी-कभी इन्हें 'हिंदी-अरबी अंक' भी कहते हैं। परंतु ये वस्तुतः भारतीय अंक-संकेत हैं। अंक-पद्धति

तो भारतीय है ही, अंक-संकेत भी भारतीय हैं।

भारतीय अंतर्राष्ट्रीय	1	2	3	4	5	6	7	8	9	0
देवनागरी	१	२	३	४	५	६	७	८	९	०
गुजराती	૧	૨	૩	૪	૫	૬	૭	૮	૯	૦
बंगला	১	২	৩	৪	৫	৬	৭	৮	৯	০
गुरुमुखी	੧	੨	੩	੪	੫	੬	੭	੮	੯	੦
तेलुगु	౧	౨	౩	౪	౫	౬	౭	౮	౯	౦
कन्नड़	೧	೨	೩	೪	೫	೬	೭	೮	೯	೦
मलयालम	൧	൨	൩	൪	൫	൬	൭	൮	൯	൦
तमिल	௧	௨	௩	௪	௫	௬	௭	௮	௯	௰
उड़िया	୧	୨	୩	୪	୫	୬	୭	୮	୯	୦
तिब्बती	༡	༢	༣	༤	༥	༦	༧	༨	༩	༠
मंगोली	᠑	᠒	᠓	᠔	᠕	᠖	᠗	᠘	᠙	᠐
सिंहली	෧	෨	෩	෪	෫	෬	෭	෮	෯	෦
बर्मी	၁	၂	၃	၄	၅	၆	၇	၈	၉	၀
स्यामी	๑	๒	๓	๔	๕	๖	๗	๘	๙	๐
ख्मेर	១	២	៣	៤	៥	៦	៧	៨	៩	០
जावी	꧑	꧒	꧓	꧔	꧕	꧖	꧗	꧘	꧙	꧐

हम जानते हैं कि वर्तमान भारत की लिपियों के साथ प्रयुक्त सभी अंक-संकेत ब्राह्मी अंकों से विकसित हुए हैं। उसी प्रकार 1, 2, 3, 4 आदि अंक-संकेत ब्राह्मी अंक-संकेतों से विकसित हुए हैं। अतः इन सभी अंक-संकेतों को हम भारतीय अंक-संकेत कहेंगे। इनमें से 1, 2, 3, 4 आदि का प्रयोग संसार के अधिकांश देशों में होता है, इसलिए इन्हें अब हम

भारतीय अंतर्राष्ट्रीय अंक कहते हैं। दरअसल, ये अंक आजकल के देवनागरी अंकों से उतने ही संबंधित हैं जितने कि बंगला, गुजराती, सिंहली, तिब्बती आदि के अंक-संकेत।

अंक-संकेत विशेष महत्त्व के नहीं हैं। इन दस अंक-संकेतों के स्थान पर किन्हीं भी अन्य दस संख्यांकों को चुना जा सकता है। असली चीज़ है अंक-पद्धति—भारत में आविष्कृत शून्य पर आधारित स्थानमान अंक-पद्धति। आज इस अंक-पद्धति को सर्वत्र अपना लिया गया है। अरबों ने भले ही अपने कुछ स्वतंत्र अंक-संकेत बनाए हों, परंतु उन्होंने भी भारतीय अंक-पद्धति को अपनाया। इसलिए भारत की असली देन है नई अंक-पद्धति।

भारत में अनेक लिपियों का इस्तेमाल होता है। उर्दू भाषा के लिए प्रयुक्त अरबी-फारसी लिपि के अलावा भारत की ये सारी लिपियाँ ब्राह्मी लिपि से विकसित हुई हैं। इसलिए सभी भारतीय भाषाओं के लिए एक लिपि की आवश्यकता हम सभी महसूस करते हैं। आधुनिक जीवन की आवश्यकताओं पर विचार करें तो सारे देश के लिए एक लिपि का प्रश्न और भी अधिक महत्त्वपूर्ण हो जाता है। सारे देश के लिए एक लिपि अपनायी जाए तो मुद्रण की अनेक कठिनाइयाँ दूर हो जाएँगी और खर्च में भी कमी आएगी।

परंतु, जैसी कि आज हमारे देश की स्थिति है, एक लिपि को अपनाने में या एक लिपि के निर्माण में अभी काफ़ी समय लगेगा। लेकिन सारे देश के लिए एक-से अंक-संकेत अपनाने की शुरुआत हो गई है।

हमारे देश के शासन ने 0, 1, 2, 3, 4, 5, 6, 7, 8, 9 अंक-संकेतों को 'भारतीय अंतर्राष्ट्रीय अंकों' का नाम देकर सारे देश के लिए स्वीकृत कर लिया है। यह एक सही कदम था। हिंदी क्षेत्र के कुछ महानुभावों ने इस नए कदम का विरोध किया है। परंतु इस विरोध का प्रमुख कारण भ्रम या अज्ञान है। 0, 1, 2, 3, 4 आदि हमारे अंक-संकेत हैं और अंक-पद्धति भी हमारी है। हमारे इन अंकों ने जब अंतर्राष्ट्रीय ख्याति प्राप्त कर ली है तो फिर इन्हें अपनाने में हमें क्यों एतराज होना चाहिए?

आधुनिक गणितशास्त्र में अधिकाधिक चिह्नों का इस्तेमाल होता है। पाश्चात्य गणित के साथ-साथ हमने बहुत-से नए गणितीय चिह्नों को अपना लिया है। इसलिए अपने इन 0, 1, 2, 3, 4 आदि अंक-संकेतों को अपनाने में हमें कोई संकोच नहीं होना चाहिए।

आजकल न केवल गणित में बल्कि भौतिकी, रसायन आदि अन्य विज्ञानों में भी गणितीय विधियों का सर्वाधिक प्रयोग होता है। उनमें 0, 1, 2, 3, 4 आदि चिह्नों का बड़ा प्रयोग होता है। इसलिए भी इन भारतीय

अंतर्राष्ट्रीय अंकों को अपनाना जरूरी है ।

अब हिंदी के अनेक नए प्रकाशनों में भारतीय अंतर्राष्ट्रीय अंकों का इस्तेमाल होता है । बंगला, मराठी, गुजराती आदि भाषाओं के प्रकाशनों में भी इन्हीं अंतर्राष्ट्रीय अंकों का इस्तेमाल होना चाहिए । जब सारे देश के सारे प्रकाशनों में इन अंतर्राष्ट्रीय अंकों को अपना लिया जाएगा तो हम बड़े गर्व के साथ कह सकेंगे कि ये अंक-संकेत मूलतः भारत के हैं ।

द्वि-आधारी अंक-पद्धति

हमारी वर्तमान अंक-पद्धति दशाधारी यानी दस की गणना पर आधारित है । इसमें शून्य सहित केवल दस अंक-संकेत हैं । इस दशाधारी अंक-पद्धति में किसी भी संख्यांक को बाईं ओर के समीप के स्थान में सरकाया जाए तो वह दशगुणोत्तर हो जाता है । हम यह भी जानते हैं कि हमारे दोनों हाथों की उँगलियाँ दस हैं, इसीलिए यह दशाधारी अंक-पद्धति अस्तित्व में आई है । आज सर्वत्र इसी अंक-पद्धति का व्यवहार होता है ।

लेकिन क्या केवल इसी एक दशाधारी अंक-पद्धति का अस्तित्व है ? नहीं; गणना के लिए किसी भी आधार को चुना जा सकता है । वस्तुतः प्राचीन काल में अन्य आधारों का भी अस्तित्व रहा है । मैसोपोटामिया में गणना का आधार 60 था । वृत्त को 60 डिग्रियों में, प्रत्येक डिग्री को 60 मिनटों में और प्रत्येक मिनट को 60 सैकेंडों में बाँटा जाता था। सुमेरी-अक्कदियों की यह करीब पाँच हजार साल पहले की गणना-पद्धति आज भी हमारे बीच जीवित है ।

मध्य-अमरीका की मय सभ्यता की अंक-पद्धति बीस की गणना पर आधारित थी । उन्होंने एक प्रकार के शून्य का चिह्न भी बना लिया था । हमारे दोनों हाथों और दोनों पैरों की उँगलियाँ बीस हैं, इसीलिए बीस पर आधारित यह अंक-पद्धति अस्तित्व में आई थी । हमारे देश के बड़े-बूढ़े, जो पढ़ना-लिखना नहीं जानते, कभी-कभी 'कोटि' अथवा 'कोड़ी' (20) से आज भी गणना करते हैं ।

दरअसल, गणना में बारह या सोलह का आधार दस के आधार से बेहतर है । अभी कुछ साल पहले तक अपनी कुछ मापन-प्रणालियों में हम इन आधारों का इस्तेमाल करते थे । एक फुट में 12 इंच होते हैं । एक रुपया सोलह आने का होता था । इस बात की भी काफी संभावना है कि सिंधु सभ्यतावालों की गणना सोलह पर आधारित थी ।

क्या गणना के लिए दस से भी कम का आधार चुना जा सकता है ? हाँ, गणना के लिए किसी भी आधार को चुना जा सकता है । सबसे पहले आदिम मानव ने एक के आधार को ही चुना था । वह केवल एक ही अंक-संकेत का

इस्तेमाल करता था। यह संकेत था—एक खड़ी या आड़ी लकीर। इस एकाधारी अंक-पद्धति में केवल एक संकेत था और इसी को दोहराकर संख्याएँ लिखी जाती थीं। जैसे, संख्या 13 को तेरह रेखाएँ खींचकर व्यक्त किया जाता था। बच्चे अपने कुछ खेलों में आज भी एक एकाधारी अंक-पद्धति का इस्तेमाल करते हैं।

गणना के लिए दो, तीन, चार या अन्य किसी भी आधार को चुना जा सकता है। गणना का आधार यदि चार है, तो उसमें शून्य सहित चार अंक-संकेत रहेंगे और बाईं ओर के स्थान क्रमशः चार गुना बढ़ते जाएँगे। उदाहरणार्थ, दशाधारी अंक-पद्धति में 23 का अर्थ होता है 2 × 10 + 3 =23, किंतु चार पर आधारित अंक-पद्धति में 23 का अर्थ होगा 2 × 4 + 3 = 11।

इस प्रकार हम देखते हैं कि गणना के लिए किसी भी आधार को चुना जा सकता है। इनमें द्वि-आधारी यानी दो पर आधारित अंक-पद्धति का विशेष महत्व है। आधुनिक विद्युत-संगणकों (कंप्यूटरों) में इसी द्वि-आधारी अंक-पद्धति का इस्तेमाल होता है।

द्वि-आधारी अंक-पद्धति में केवल दो संकेत होते हैं—'0' और '1'। इन्हीं दो अंकों से सारी गणनाएँ होती हैं। अतः पहले हम यह जानेंगे कि दशाधारी संख्याओं को द्वि-आधारी संख्याओं में किस प्रकार बदला जाता है।

द्वि-आधारी अंक-पद्धति में दो चिह्न हैं—0 और 1। इनमें 0 का कोई मूल्य नहीं। दशाधारी पद्धति की तरह इस द्वि-आधारी पद्धति में भी दाईं ओर से बाईं ओर स्थानमान बढ़ते जाते हैं। दाईं ओर के प्रथम स्थान में यदि हम '0' रखते हैं, तो उसका अर्थ होगा 'कुछ नहीं'। यदि वहाँ 1 को रखते हैं तो उसका अर्थ 'एक' होगा। अब यदि इस अंक 1 को हम बाईं ओर के दूसरे स्थान में रखते हैं तो द्वि-आधारी अंक-पद्धति में उसका मान दो गुना यानी 2 ×1 हो जाएगा। दशाधारी पद्धति में उसका मान दस गुना हो जाता है।

अतः

10 = 2 (द्वि-आधारी अंक-पद्धति में)
10 = 10 (दशाधारी अंक-पद्धति में)

अब द्वि-आधारी अंक-पद्धति में 1 का वही अंक बाईं ओर से तीसरे स्थान में पहुँच जाता है तो उसका मान होगा 2 × 2 =4। दशाधारी अंक-पद्धति में उसका मान 100 हो जाता है। इसी प्रकार द्वि-आधारी अंक-पद्धति में स्थानमान के अनुसार 1 का मान दो गुना के क्रम में घटता या बढ़ता जाता है।

अब हम दशाधारी संख्याओं को बड़ी आसानी से द्वि-आधारी संख्याओं

में या द्वि-आधारी संख्याओं को दशाधारी संख्याओं में बदल सकते हैं। जैसे, द्वि-आधारी संख्या 110101 का अर्थ होगा :

$1 \times 2^5 + 1 \times 2^1 + 0 \times 2^3 + 1 \times 2^2 + 0 \times 2^1 + 1 \times 2^0 + = 43$ (दशाधारी अंक-पद्धति में)

नीचे हम 1 से 15 तक की दशाधारी संख्याओं को द्वि-आधारी अंक-पद्धति में दे रहे हैं :

दशाधारी	द्वि-आधारी
00	0000
01	0001
02	0010
03	0011
04	0100
05	0101
06	0110
07	0111
08	1000
09	1001
10	1010
11	1011
12	1100
13	1101
14	1110
15	1111

द्वि-आधारी अंक-पद्धति में पंद्रह के आगे संख्याएँ होंगी : 10000 (16), 10001 (17), इत्यादि। यहाँ हम देखते हैं कि द्वि-आधारी संख्याएँ काफी लंबी हो जाती हैं। जैसे, $1727_{10} - 11010111111_2$। यहाँ संख्या के दाईं ओर नीचे प्रयुक्त अंक (2 व 10) उस अंक-पद्धति का आधार दर्शाते हैं।

द्वि-आधारी अंक-पद्धति में संख्याएँ भले ही लंबी हो जाती हों, परंतु आजकल इस अंक-पद्धति की बड़ी उपयोगिता है। इस अंक-पद्धति का आधुनिक संगणकों (कंप्यूटरों) में इस्तेमाल होता है। ये कंप्यूटर बिजली से चलते हैं। विद्युत के प्रवाह की केवल दो अवस्थाएँ हैं—चालू या बंद। कंप्यूटरों में प्रवाहित विद्युत की 'चालू' अवस्था को 'एक' माना जा सकता है और 'बंद' अवस्था को 'शून्य'। इस प्रकार, ऐसे संगणकों में द्वि-आधारी अंक-पद्धति को स्थापित किया जा सकता है।

मान लीजिए कि ● चिह्न प्रकाशित बल्ब यानी '1' को दर्शाता है और □ चिह्न अप्रकाशित बल्ब यानी '0' को व्यक्त करता है। तब–

● □ ● □ का अर्थ होगा 1010_2 या 8 + 2 या 10,

□ ● ● ● का अर्थ होगा 0111_2 या 4 + 2 + 1 या 7, इत्यादि।

द्वि-आधारी अंक-पद्धति में जोड़ और गुणन की क्रियाएँ बड़ी आसान हैं। जैसे, द्वि-आधारी अंक-पद्धति में 1 + 1 = 2 को लिखा जाएगा–

$$\begin{array}{r} 0001 \\ +\,0001 \\ \hline 0010 \end{array}$$

इसी प्रकार, 8 + 3 = 11 को लिखा जाएगा–

$$\begin{array}{r} 1000 \\ +\,0011 \\ \hline 1011 \end{array}$$

द्वि-आधारी अंक-पद्धति में गुणन की क्रिया भी सरल है। दरअसल, जोड़ और गुणन की सारी क्रियाओं को निम्नांकित दो सरल तालिकाओं से संपन्न किया जा सकता है :

जोड़ की तालिका	गुणन की तालिका
0 + 0 =0	0 × 0 = 0
0 + 1 =1	0 × 1 = 0
1 + 0 =1	1 × 0 = 0
1 + 1 =10	1 × 1 = 1

द्वि-आधारी अंक-पद्धति में गुणन की क्रिया का एक उदाहरण लीजिए। $27 \times 13 = 351$ का अर्थ होगा :

$$
\begin{array}{r}
11011 \\
+\ 1101 \\
\hline
11011 \\
00000 \\
11011 \\
11011 \\
\hline
101011111
\end{array}
$$

दशाधारी अंक-पद्धति में गुणन और जोड़ के पहाड़ों में 100 क्रियाओं को स्मरण रखना पड़ता है। जैसे, 0 + 0 और 0 × 0 से लेकर 9 + 9 और 9 × 9 तक। परंतु द्वि-आधारी अंक-पद्धति में हमें केवल चार क्रियाओं को ही स्मरण रखना पड़ता है और वे क्रियाएँ भी बड़ी सरल हैं।

अंकगणित के मूल परिकर्म जोड़ और गुणन ही हैं। घटाना और भाग देना क्रमशः जोड़ और गुणन की ही उलटी क्रियाएँ हैं।

द्वि-आधारी अंक-पद्धति में संख्याएँ कुछ बड़ी अवश्य हो जाती हैं, परंतु संगणकों के लिए इसमें कोई कठिनाई नहीं है। उनमें विद्युत् की गति से गणनाएँ होती हैं। जिन गणनाओं के लिए कई गणितज्ञों को कई घंटे लग सकते हैं, उन्हें आधुनिक संगणक चंद मिनटों में हल कर देते हैं। इन गणनाओं को संगणकों में स्थापित करने के पहले इन्हें दशाधारी अंक-पद्धति से द्वि-आधारी अंक-पद्धति में बदल दिया जाता है। अंत में संगणक से जो उत्तर द्वि-आधारी अंकों में प्राप्त होते हैं, उन्हें दशाधारी अंकों में बदला जाता है।

आज के वैज्ञानिक युग में संगणकों का इस्तेमाल दिनोंदिन बढ़ता जा रहा है। भविष्य में मानव अपने अधिकांश कार्यों को संगणकों के जिम्मे सौंप देगा। तब आज की दशाधारी अंक-पद्धति की बजाय द्वि-आधारी अंक-पद्धति का ही अधिक महत्त्व होगा।

द्वि-आधारी अंक-पद्धति का पिछले करीब सौ साल से बीजगणित के ग्रंथों में समावेश होता आ रहा है। लेकिन द्वि-आधारी अंक-पद्धति का आविष्कार बहुत पहले हो चुका था और गणितज्ञ इससे भली-भाँति परिचित थे। जानकारी मिलती है कि आज से करीब दो हजार साल पहले चीन के गणितज्ञ द्वि-आधारी अंक-पद्धति से परिचित थे। मध्ययुगीन यूरोप के गणितज्ञ भी इस अंक-पद्धति से परिचित थे।

जर्मनी के महान दार्शनिक-गणितज्ञ **लाइबनिट्ज** (1646-17
को न्यूटन (1642-1727 ई.) के साथ-साथ कलन-गणित का आविष्क.
माना जाता है। उन्हें जब द्वि-आधारी अंक-पद्धति के बारे में जानकारी मिली तो उनके आनंद की सीमा न रही। आस्तिक थे। 'कुछ नहीं' से 'ईश्वर' की उत्पत्ति के लिए उन्हें कोई प्रमाण चाहिए था। उन्होंने सोचा—ईश्वर '1' है और सबका अभाव '0'। अंत में 'अभाव' से 'ईश्वर' की सृष्टि हुई। लाइबनिट्ज़ ने द्वि-आधारी अंक-पद्धति के इन ऐच्छिक संख्यांकों में ईश्वर और सृष्टि की उत्पत्ति के दर्शन किए!

कहते हैं कि लाइबनिट्ज़ ने ईश्वर के अस्तित्व का यह 'गणितीय प्रमाण' चीन के तत्कालीन सम्राट के पास भेजा। उन्होंने सोचा कि इस प्रमाण को देखकर चीन का सम्राट और उसकी प्रजा आस्तिक बन जाएगी। बाद में लाइबनिट्ज़ को यह जानकर बड़ा आश्चर्य हुआ कि चीन के लोग इस द्वि-आधारी अंक-पद्धति को पिछले करीब डेढ़ हजार साल से जानते हैं!

अंतरिक्ष-यात्रा का युग शुरू हो गया है। देर-सवेर दूरस्थ तारों के ग्रहों के 'बुद्धिमान प्राणियों' के साथ हमारे संपर्क स्थापित होंगे ही। ऐसे ब्रह्मांडीय संपर्क के लिए द्वि-आधारी अंक-पद्धति में परिवर्तित संदेश बड़े उपयोगी सिद्ध होंगे। ऐसी ब्रह्मांडीय भाषा के निर्माण के प्रयास जारी हैं। अमरीका का पायोनियर-10 नामक जो मानव-रहित अंतरिक्ष-यान अब बृहस्पति ग्रह के परे पहुँच गया है[1], उसके साथ एक प्लेट जुड़ी हुई है। इस प्लेट पर नर-नारी की आकृतियाँ उकेरी गई हैं और कई बातें द्वि-आधारी अंक-पद्धति से दर्शाई गई हैं। आशय यही कि यदि यह प्लेट अंतरिक्ष के किसी ग्रह के बुद्धिमान प्राणियों के हाथ लगती है तो वे समझ जाएँगे कि यह कहाँ से आई है और किस प्रकार के प्राणियों ने भेजी हैं। 'वे लोग' समझेंगे कि पृथ्वी के लोग द्वि-आधारी अंक-पद्धति का ही इस्तेमाल करते हैं!

मानव ने गणना का आरंभ एकाधारी अंक-पद्धति से किया। अब मानव द्वारा निर्मित संगणक यंत्र द्वि-आधारी अंक-पद्धति का इस्तेमाल करते हैं। भविष्य के मानव जब पूर्णतः संगणकों पर निर्भर रहेंगे तो आज की दशाधारी अंक-पद्धति को भी काफ़ी हद तक भुला दिया जाएगा। लेकिन आज तो सारे संसार में शून्य पर आधारित भारतीय दाशमिक स्थानमान अंक-पद्धति का ही इस्तेमाल होता है।

---

1. अब यह पायोनियर-10 यान सौर-मंडल के बाहर पहुँच गया है।

परिशिष्ट : 1

पठनीय ग्रंथ

हिंदी

हिंदी गणितशास्त्र का इतिहास, भाग-1	डॉ. विभूतिभूषण दत्त डॉ. अवधेशनारायण सिंह
गणित का इतिहास	डॉ. ब्रज मोहन
गणित जगत की सैर	डॉ. ब्रह्मदेव शर्मा
भारतीय ज्योतिष	शंकर बालकृष्ण दीक्षित
भारतीय प्राचीन लिपिमाला	गौरीशंकर हीराचंद ओझा
अंकों की कहानी	गुणाकर मुले
अंक-कथा (पांडुलिपि)	,, ,,
भारतीय विज्ञान की कहानी	,, ,,
भारतीय लिपियों की कहानी	,, ,,
अक्षर कथा	,, ,,

अंग्रेज़ी

History of Hindu Mathematics, 2 Vols.	Datta & Singh
A Concise History of Science in India	(Ed.) Bose, Sen & Subbarayappa
History of Mathematics, 2 Vols.	D. E. Smith
Mathematics in the Making	Lancelot Hogben
Ancient and Medieval Science	(Ed.) Rene Taton
Understanding The New Mathematics	Evelyn P. Rosenthal
Mathematics for Million	Lancelot Hogben
The World of Mathematics, 4 Vols.	(Ed.) James R. Newman

Makers of Mathematics	Alfred Hooper
Indian Palaeography	G. Buhler
The Hindu Arabic Numeralas	Simith & Karpinski
The Exact Sciences in Antiquity	O. Neugebauer

परिशिष्ट : 2

हिंदी-अंग्रेजी पारिभाषिक शब्दावली

अंक	Numeral
अंकगणित	Arithmetic
अंक-पद्धति	Numeral System
अंक-संकेत	Numeral Symbol
अंक-संकेत	Numeral Symbol
अक्षरांक, वर्णांक	Letter Numerals, Alphabetic Numberals
अनंत	Infinity
अनंत श्रेणी	Infinite Series
अभिलेख, लेख	Inscription, Epigraph, Records
अर्धव्यास, त्रिज्या	Radius
आधार संख्या	Base Number
एकैक संगति, एक-एक संबंध	One-to-One Correspondence
एबैकस, गिनतारा, अंकगणक	Abacus
कलन-गणित	Calculus
गणना	Counting
गणना-पद्धति	Counting System
गणित	Mathematics
गणितज्ञ	Mathematician
गुणन	Multiplication
चित्रलिपि	Pictorial Script
जोड, योग	Addition
ज्यामिति, रेखागणित	Geometry
ताम्रपत्र, ताम्रशासन	Copper-plate charter
ताम्रयुग	Copper Age
त्रिकोणमिति	Trigonometry

दाशमिक, दशमलव	Decimal
दानपत्र	A deed of gift
द्वि-आधारी पद्धति	Binary System
नवपाषाण युग	Neolithic Age
परिकलन	Calculation
परिधि	Circumference
पाषाण युग	Stone Age
पूर्णांक	Integers
प्रशस्ति	Eulogy, Panegyric
प्राकृतिक संख्याएँ	Natural Numbers
बीजगणित	Algebra
भाग	Division
भारतीय अंतर्राष्ट्रीय अंक	Indian International Numerals
भावचित्रात्मक लिपि	Ideographic Script
मूल्य, मान	Value
राशि	Quantity
रेखागणित, ज्यामिति	Geometry
वर्ग	Square
वर्णमालात्मक लिपि	Alphabetic Script
विश्व-यांत्रिकी	Celestial Mechanics
वृत्त	Circle
व्यास	Diameter
शब्दांक	Word Number
शिलालेख	Rock Inscription
शून्य	Zero
संकेत, चिह्न	Symbol
संख्यांक	Numerals
संख्या	Number
संख्या-सिद्धांत	Theory of Numbers
संख्या-चिह्न	Number-Symbol
संख्या-संकेत	Number Sign
संगणक	Computer
समीकरण	Equation
स्थानमान	Position Value
सूत्र	Formula
हस्तलिपि	Hand-written book

• • •